periscopio

W0252457

LA CASA DEL ACANTILADO

MIREN AGUR MEABE

LA CASA DEL ACANTILADO

edebé

Título original: *Itsaslabarreko etxea*
© Miren Agur Meabe Plaza y editorial Everest S.A.

© Ed. Cast.: Edebé, 2005
Paseo de San Juan Bosco 62
08017 Barcelona
www.edebe.com

Atención al cliente: 902 44 44 41
contacta@edebe.net

Directora de Publicaciones: Reina Duarte
Diseño de la colección: Book & Look
Fotografía de cubierta: AISA
Fotografía de contracubierta: Zaldi Ero
Traducción/recreación de la propia autora

13.ª edición

ISBN: 978-84-236-7670-5
Depósito legal: B. 38821-2010
Impreso en España
Printed in Spain
EGS - Rosario, 2 - Barcelona

Queda prohibida, salvo excepción prevista en la Ley, cualquier forma de reproducción, distribución, comunicación pública y transformación de esta obra sin contar con autorización de los titulares de la propiedad intelectual. La infracción de los derechos mencionados puede ser constitutiva de delito contra la propiedad intelectual (arts. 270 y ss. del Código Penal). El Centro Español de Derechos Reprográficos (www.cedro.org) vela por el respeto de los citados derechos.

A mi madre, que me mira desde el otro lado.
Y a Tere Kortazar y Koro Abasolo,
que me miran con la luz del verano.

Índice

Prólogo

Tenía entonces dieciséis años. Dieciséis años... Si se miran desde la atalaya de la madurez, dieciséis años significan casi el comienzo de la vida, la edad feliz en la que aún perdura el paraíso de la niñez.

Sin embargo, pienso en esos años como si perteneciesen a una existencia totalmente consumida, pues veo lo sucedido hasta entonces igual que si lo mirase desde el otro lado de una frontera: con los ojos cansados, tan cruel es la desazón y tan profunda la pena que me produce el hecho de volver la vista atrás.

Y aunque el cansancio barniza de amargura mis palabras, no soy tan mayor. No han transcurrido muchos años desde aquel verano en que tuve dieciséis. ¿Acaso me expreso como los ancianos? Tal vez sí.

Puedo afirmar que poseo un pasado lóbrego, que vengo del ayer después de un costoso viaje a través de un túnel y que, al final, al salir a la luz, me he quedado aturdida e indecisa, temiendo recordar y, al mismo tiempo, con irrefrenable deseo de hacerlo. Siento temor de recordar porque lo que sucedió fue espantoso, y siento deseo porque fue en aquellos días cuando experimenté esas emociones deslumbrantes que nunca se apagan.

Me llamo Joana. He regresado hace poco, tras pasar algunos años lejos de aquí. He vuelto a mi pueblo. Traigo el cuaderno, mi cuaderno violeta, refugio de todos los ángeles y demonios de mi vida. Estoy en el acantilado. No me ha vencido la oscuridad. Estoy aquí. Y en este cuaderno está escrita mi historia.

1. El cuaderno violeta

Recuerdo que mi abuela deseaba morir. Los avatares de la vida la habían extenuado y anhelaba fervientemente llegar al final para descansar. Me resultaba imposible comprenderlo: a los dieciséis años era demasiado joven todavía.

Mi abuela acostumbraba a ir a la iglesia a la hora del rosario. Un mal día resbaló en la calle y se rompió la cadera. No volvió a salir. Se lo impidió, además de la torpeza para caminar, la indiferencia por superar cualquier reto que le exigiera luchar contra lo inevitable, de modo que empezó a rezar en casa, junto al fogón en invierno, y junto a la ventana de la cocina en las estaciones benignas. Llegó un momento en que, debido a la artrosis, no fue capaz de desgranar las cuentas del rosario y comenzó, sin querer, a mezclar las oraciones unas con otras.

En vista de su desconsuelo, le compramos una cinta grabada con el rosario. Ella admitió de buena gana aquella compañía monótona, tarde tras tarde, pero, con el tiempo, la enfermedad se fue agravando y tuvo que quedarse postrada en cama indefinidamente, impedida incluso para llevarse la comida a la boca, paralítica y ciega como estaba.

El rosario y mi primer cuaderno dotan a mis recuerdos del color violáceo de las moras. Nuestras habitaciones eran contiguas, así que frecuentemente me tocó escuchar las quejas y los murmullos de mi abuela. Cada vez que me ponía a estudiar, acudían a mi pensamiento semblantes pálidos de santos calvos y místicas miradas de santas hermosas, acompañadas de roces de sotanas, ajadas pilas bautismales, aroma de incensarios y coronas de espinas. Me olvidaba del libro que tenía delante, de los apuntes de Matemáticas o de Lengua y, mecida por la enervante cantinela del rosario, me ponía a repetir *ora pro nobis, ora pro nobis,* e iba descubriendo poco a poco las exquisitas metáforas de la letanía: estrella de la mañana, *ora pro nobis*, rosa de oro, *ora pro nobis,* torre de marfil, *ora pro nobis*, *ora pro nobis*, ruega por nosotros…

Ella rezaba sin tregua por su familia y por todos los enfermos y los pobres del mundo.

—¿Y por ti no rezas?

—Claro que sí, niña, ¡cómo no voy a rezar por mí!

Pero en sus rezos no pedía la salud, sino la muerte. Por eso es agridulce el recuerdo que guardo de mi abuela, porque vivía deseando morir. Y yo, como me dejaba acunar en los brazos de la imaginación, empecé a escribir gracias a los sugerentes apelativos del rosario y a la necesidad urgente de hablar sobre lo que me rodeaba.

Mi cuaderno, al principio, no era un cuaderno, sino

un mazo de hojas. Las uní con un clip y las guardé en un cajón. Me gustaba encerrarme en mi cuarto para escribir. Y releer lo escrito. Sobre el papel, el mundo se me aparecía más ordenado, y mi propio interior se me hacía más transparente y conocido. Escribir era explicar la vida a mi manera. Escribir era aprovechar la capacidad de indagar vías mágicas para hallar, de vez en cuando, alguna pequeña verdad, algún fulgor donde habitase la belleza.

Más tarde compré un cuaderno, con el fin de evitar el uso de hojas sueltas. Tenía las cubiertas moradas, del color de la pena, de la tonalidad de las cuentas que componen el rosario de mi memoria.

Iba anotando encantadoras citas extraídas de libros, los sucesos más azarosos de mi plana rutina, sencillas reflexiones, historias fantaseadas, inesperadas revelaciones sobre esto y lo otro, que se presentaban de sopetón y titilaban en mi mente alumbrando mi idea de las cosas.

También vertía en el blanco del papel la tintura de mis angustias. Por ejemplo, la desesperada súplica de mi abuela, aquella plegaria que formulaba cuando creía que nadie la escuchaba, una oración que me cortaba la respiración dejándome con el bolígrafo pegado a la mano:

—Llévame contigo cuando quieras, Señor. Dame una buena muerte y llévame contigo…

Una buena muerte… La abuela deseaba una muerte plácida, morir mientras dormía, deslizarse al reino de las sombras sin sobresaltos.

Por aquel entonces yo ignoraba qué era la muerte.

Sabía lo que significaba que alguien no estuviese entre los vivos, pero eso no era, ni por asomo, el auténtico significado de la muerte, como pude darme cuenta bastante pronto. La muerte era un abismo que aparecía inesperadamente entre la niebla, un hachazo discordante y radical.

Además, no hay muerte buena; ninguna, que yo sepa, merece ese adjetivo.

2. *Alain*

Alain fue mi primer amor, el amigo que me enseñó que el mundo puede caber en el espacio que une a dos personas. Lo sigo pensando hoy igual que entonces.

Una tarde, poco antes del verano, vi a Alain en la alameda. No era la primera vez que me topaba con él y ya hacía tiempo que mis ojos lo habían señalado entre otros muchos chicos. Íbamos al mismo instituto; él, un curso más que yo. Se había resguardado bajo un balcón y estaba empapado. Se sacudía las gotas de lluvia dando pataditas en el suelo. Al pasar a su lado con mi paraguas de rayas, le miré y un grato cosquilleo me recorrió la espalda. Sin pensarlo dos veces, le hice una pregunta que hasta me sorprendió a mí misma:

—Estás calado. ¿Quieres que te acompañe a algún sitio?

Aunque parezca un encuentro de novela rosa, nos conocimos de esa manera. Ya sé que nadie se dedica a invitar así por las buenas a desconocidos. No suele ser fácil entablar conversación con un chico mayor, sin más; pero, a decir verdad, a mis dieciséis años yo era un tanto especial. ¡Incluso veía con claridad cuál era mi ideal en la vida!

Espesas palabras: ideal, vida... Lo sé. ¡Cuánta ironía encierran! Al cabo de los años, cuando te decides a hacer un resumen de tus sueños, lo primero que ves es su fecha de caducidad. Los sueños son como frutos que cuelgan en un árbol: puedes tomarlos en tu mano, morderlos y saborearlos; o encontrártelos ya por tierra, rezumando el jugo cínico del demasiado tarde.

Profundas palabras, por tanto. Al parecer, los jóvenes no suelen tomarse muy en serio el trabajo de definir sus metas, no se entretienen preparando planes para el futuro. Como si eso fuera tarea exclusiva de la gente adulta. Es verdad que entonces yo no sabía, ni remotamente, qué dirección tomaría en esa autopista que es la vida, ni qué equipaje llevaría o cuántos kilómetros abarcaría mi recorrido. Sin embargo, estaba segura de adónde quería llegar: a un utópico territorio llamado «Felicidad». Y también sospechaba cuál sería el peaje que debería pagar para alcanzarlo: ser yo misma. Ni más ni menos.

Echamos a andar hacia la estación de autobuses. Alain llevaba bajo el brazo un libro de bolsillo en cuyo forro de plástico temblaban unas cuantas gotas de lluvia. Me interesó al instante: chico solitario con libro en mano...

—¿Qué libro es, si se puede saber?

—Una selección de poemas.
—¿Os han mandado leerlo?
—No, éste no. Me gusta mucho leer. No entiendo todos los conceptos, pero me atraen las ideas del autor sobre el amor y el mundo. A ratos encuentro en este libro mi propia filosofía: filosofía con minúscula, claro... ¿A ti te gusta la poesía?
—Me encanta. Mis amigas dicen que soy una cursi... y resulta que ellas también tienen las carpetas llenas de rimas.

No hablamos mucho más. Caminábamos deprisa. Alain, en una mano, el libro, y la otra metida en el bolsillo del pantalón; yo, con el paraguas en un brazo, y la carpeta bajo el otro. Si se producía un silencio, me sentía violenta. Pero cuando llegamos al autobús, Alain me despidió con un sonriente «hasta pronto», y en ese momento, una esperanza insulsa caldeó mi corazón: la esperanza de intimar con aquel chico.

Estaba contenta porque tenía la sensación de haber dado un paso adelante en mi camino, el glorioso camino de ser yo misma. Por otro lado, me atormentaba una duda: ¿me había comportado lo suficientemente natural y madura con ese muchacho que me atraía tanto? Era un sentimiento ambiguo, dislocado, mezcla de euforia y abatimiento.

Luego me fui a la biblioteca y cogí prestado un libro de poemas titulado *Veinte poemas de amor y una canción desesperada.* A partir de esa noche adquirí la costumbre de leer siempre un poema antes de acostarme. Me dormía entre suspiros, rezando a san Pablo Neruda y esperando el momento de conocer el amor, yo, santa Joana de Garraitzeta, virgen, mártir, y a ratos, poeta.

3. Mi acantilado

Garraitzeta es un pueblo del norte que vive de la anchoa en primavera y del bonito en otoño.

—¡Begoña! ¡Está entrando el *Faro de Antzoriz!*

La mujer de un compañero de mi padre pasó a toda prisa por nuestra calle y llamó a mi madre que, descalza y medio dormida, le contestó desde el balcón:

—¿Ya han vuelto? ¡Ahora mismo voy!

Se vistió apresuradamente y bajó al puerto. Estaba amaneciendo.

La entrada de los barcos cuando venían a descargar la pesca era digna de ver. Las ancianas hablaban a gritos de mirador a mirador y los marineros jubilados curioseaban junto a los carros, con las manos en los bolsillos y una colilla en los labios, sabiendo que estorbaban pero sin hacer ningún ademán de abandonar su lugar. Los niños correteaban jugando al escondite entre las cajas de madera hasta que alguien los reñía para que se apartasen.

—¡Dichosos niños! ¡Fuera de aquí, fuera!

Al inicio de las vacaciones, yo también bajaba con

mi bicicleta. Veía a mi padre secarse el sudor con un pañuelo de cuadros blancos y azules. Él, al distinguirme entre el gentío, me mandaba un beso con la mano. Más tarde me marchaba de allí con el grito alegre de las pescaderas metido muy dentro de los oídos:

—¡Anchoa frescaaa! ¡Anchoa sabrosaaa! ¿Quién compra?

Montaba en la bici y me alejaba hasta el acantilado. Todos los días. Pedaleaba con ímpetu. Me sentía hirviendo por dentro. Debía de ser lo que habitualmente se llama crisis de la adolescencia. Mi abuela llamaba a ese estado de otra forma, algo así como «reumilla de corazón».

Nombres aparte, era melancolía lo que yo sentía, hambre de dulzura..., el tierno y contradictorio deseo de estar sola y acompañada a la vez.

Aquel día todavía brillaba en la carretera el rastro de la lluvia caída en la víspera. Nadie andaba a esas horas por el camino de la costa.

Yo contemplaba las dos caras del mar: una, la azul bailarina que ofrecía regalos y juegos y se arrimaba a la playa con ribetes de espuma; la otra, la verde desconocida que se extendía más allá de mi bahía. Ambas eran mis cómplices en mis horas de aislamiento.

Solía dejar la bici en la cuneta, apoyada contra el tronco de un eucalipto. En el bosque de eucaliptos, entre arbustos de árgoma, nacía un sendero que iba a morir en un montículo plagado de hierbas silvestres y de hinojo marino. Tras el montículo, una pendiente abrupta descendía hasta los arrecifes.

Me fascinaban los graznidos sordos de las gaviotas posadas en las aristas de las paredes de roca. Me embrujaba el fondo del mar: un lecho de grandes cantos rodados como almendras pardas bajo el agua.

El acantilado era mi otro hogar, el paisaje de mis secretos. Allá me retiraba, buscando la soledad. Soledad para nadar desnuda. Soledad para escribir mis pensamientos en el cuaderno violeta. Amaba aquella soledad, por buscada; la amaba tanto como odio esta otra, la de ahora, la que se me echa encima como una mazmorra infestada de moho por todas partes.

Me metía en el mar y flotaba durante largos ratos boca arriba, gozando con los lametones del agua fresca; o me sumergía imaginándome convertida en un ser acuático: anémona, caracola o, por qué no, sirena.

Cuando empezaba a notar frío, me tendía en la cala sobre una piedra lisa. Hacia el mediodía, el sol daba de lleno y era un placer estar allí estirada hasta hartarme.

Sacaba de mi mochila el cuaderno y me ponía a escribir. Muchas veces lo hacía sin ton ni son, sin escoger tema, dejándome llevar por la corriente de las ideas. Cualquier excusa me era válida para hacer del papel un confidente. Adoraba mis escritos, humildes y valiosos como puedan serlo las piezas de un collar trenzado con constancia por unas manos inexpertas.

Otras veces era mi abuela la fuente de inspiración, mi parlanchina abuela. Ella me contaba historias de violaciones ocurridas en los maizales, de naufragios que dejaban familias hambrientas y llorosas, de las peripecias de la época del hambre…

Mi abuela era aldeana y vino al pueblo cuando se casó con el sacristán. Siempre tuvo memoria y gracia, incluso después de enfermar, para retratar caserío y calle. No obstante, a mí no me era suficiente el escuchar sus cuentos: pretendía redactarlos para, de esa forma, reclamar un lugar para mí, bien ganado entre las ramas de nuestro árbol genealógico.

Aquel mediodía de finales de junio, cuando de vuelta a casa subía cala arriba, dio comienzo la pesadilla que tantas veces habría de maldecir después, el primer episodio de los acontecimientos que me hacen sentir como una anciana, el esperpento que me enseñaría la verdadera cara de la muerte.

Igual que un metrónomo vengativo que pretende negarme un mísero momento de reposo, siguen martilleándome el cerebro las mismas preguntas de hace años: ¿Por qué tuve que escuchar aquella música? ¿Por qué me acerqué a la casa perdida? ¿Por qué no pasé de largo como hubiera hecho cualquiera?

Pero es que, entonces, yo tenía dieciséis años, y no era como los demás. Y ahora, menos todavía.

4. Despertar

A veces nos llega por casualidad el estímulo preciso para descubrir algunas parcelas de nuestra persona de las que no éramos conscientes. Un extraño, alguien ajeno a nosotros, nos abre los ojos para que lleguemos a percibir nuestra imagen en el espejo de la realidad. Así me ocurrió, por ejemplo, con el sujetador.

A los doce años tenía el pecho bastante desarrollado. No terminaba de asumirlo, pues, aunque los cambios de mi cuerpo eran cada vez más evidentes, yo era aún una cría y no sabía cuándo arrogarme el permiso para sentirme ya mujer. Me iba familiarizando con los novedosos mensajes de mi cuerpo y los interpretaba, pero la certeza del cambio me llegó imprevistamente, como cuando estás a punto de tocar el timbre de una puerta y te la abren de repente.

Estábamos jugando en los pórticos. Me agaché para recoger un balón cuando noté que una mano me palpaba la espalda.

—¿No usas? —me preguntó una compañera de clase.

—¿Qué? ¿Usar el qué?

—Que si no usas sujetador —concretó otra.

Me puse roja sólo con oír la palabra.

—No me hace falta todavía —contesté, con el argumento más espontáneo que se me ocurrió.

—Ya te lo decía yo —se dijeron la una a la otra.

O sea, que habían estado hablando del tamaño de mi pecho.

Al llegar a casa seguía perturbada por aquel comentario. Y, aunque la timidez me fundía la piel, pregunté a mi madre sin rodeos:

—Mamá, ¿cuándo voy a empezar a ponerme sujetador?

—Cuando quieras. Si te parece, hoy mismo.

Fingió naturalidad, pero ella también sentía vergüenza, arrepentida por no haberse adelantado; o quizás estuviese despistada, a la espera de que me despertase de la infancia por mi cuenta. Sea como fuese, sacó de un cajón de su tocador un coqueto sujetador que había comprado para mí hacía algún tiempo. Era beige claro y tenía una margarita en medio.

Estrenar aquel sujetador fijó una fecha clave en aquel período: salí del sueño de la niñez engalanada con una pátina de seguridad recién adquirida, mucho más conforme que antes, como si estuviera más hecha por dentro y por fuera.

Con la menstruación me sucedió algo parecido. Habíamos ido de merienda a un prado y nos sentamos en la hierba. Mi amiga Teresa me dijo con cara de susto que tenía algo en las bragas. Se dio cuenta porque estaba sentada frente a mí. Agaché la cabeza y no vi nada.

—No tengo nada, no veo nada —le dije.

—Pues yo creo que sí tienes algo..., una mancha —añadió en voz baja, con una expresión cercana a la repugnancia.

Pasamos la tarde jugando y me olvidé del asunto.

Pero ya en casa, al sentarme en la taza del váter, sentí algo viscoso resbalar dentro de mí, igual que si me hubiera reventado un globo en el pecho y el gas tibio de su interior me bajase a través del estómago hasta el sexo. Era el vértigo que producía el constatar un cambio irreversible: ver por primera vez el inconfundible rastro encarnado, el aviso de mi primera regla.

Llamé a mamá que, nada más entrar al baño, adivinó lo que sucedía:

—¡Bueno, Joana! ¿Ya sabes qué es, verdad? Ahora mismo te traigo una compresa.

Esperé sentada en el inodoro.

—¿Desde cuándo la tienes?

—No me he dado cuenta... Desde hoy.

—Tranquila, cariño. A partir de ahora, cuidadito con los hombres.

«Cuidadito con los hombres.» Los hombres eran, para mí, mi padre y los de su quinta. Entendí lo que me quería decir. Ella nunca atinaba a decir las cosas con exactitud: utilizaba escasas palabras en trances que precisaban complejas explicaciones.

—Te vendrá todos los meses. Apunta en este papel la fecha y cuenta los días que van de una a otra.

—Deja, mamá, no necesito papel. Ya tengo un cuaderno.

Fui la primera de la pandilla en tener la regla. El

asunto no era, desde luego, para echar las campanas al vuelo: yo era de las pequeñas, y según nuestra lógica, la edad establecía una rigurosa jerarquía respecto a quién iba antes. Así que guardé en secreto aquellos cambios que me hacían tanta ilusión. No se los conté a nadie más que a Teresa.

Sin embargo, todo eso es muy anterior a la época en que conocí a Alain. Son anécdotas de los doce años. De hecho, ya había repuesto varios sujetadores antes de conocerle; pero, sin duda, del que más me acuerdo es del primero, de aquel que tuve que retirar sin estropearse siquiera porque enseguida me hizo falta una talla mayor.

Estaba creciendo, despertando. Me hacía mujer y la transformación me anunciaba un futuro rebosante de emociones deliciosas.

5. *Música de arpa*

Aquella mañana, después de un largo baño, nada más sentarme a escribir en mi roca, el tiempo cambió. El cielo se puso gris y se levantó un viento racheado que sacudió con tenacidad los eucaliptos del acantilado. Se avecinaba galerna.

Gruesas gotas de lluvia golpearon la pendiente perfilándose en el polvo. No me importaba mojarme, pero si llegaba a formarse barro en el sendero, podría ser peligroso. Recogí mis cosas y comencé a subir.

Los silbidos del viento me trajeron otro sonido. Un sonido inusual. No era el batir de las olas contra las rocas, ni el zumbido de los coches que circulaban por la carretera, allá arriba, a lo lejos. Era una melodía, una música que nunca había escuchado en aquel lugar, debido probablemente a la dirección del viento. ¿De dónde procedía aquella música entrecortada que a ratos se oía y a ratos no? Miré a mi alrededor, sabiendo que estaba completamente sola.

Vi entonces un muro en la linde del bosque de eucaliptos. Apenas se distinguía, rodeado de maleza. Una tupida mata de hiedra y otras trepadoras entrelazadas formaban una especie de tejadillo en la parte superior. Me desvié del sendero y me dirigí hacia allí para guarecerme de la tormenta. No existía un camino transitable, sólo ortigas en abundancia. A duras penas, alcancé el muro y busqué cobijo bajo la hiedra. El lugar me produjo un leve malestar: en el suelo había huesecillos y plumas, restos de algún banquete. Sería el escondrijo de algún animal.

En el muro se abría una cancela de hierro de doble hoja, con un cerrojo y una cadena. Una cadena inútil, pensé, pues no tenía candado y se podía desanudar sin dificultad.

Al otro lado había una casa. Un caserón antiguo. Lucía un entramado de gruesas vigas ornamentales de madera en la fachada, cruzadas al estilo británico. En la portada, encalada en tono siena, destacaba un escudo de piedra. Un jardincito rancio, animado por unos cuantos frutales y descuidadas isletas de alhelíes y otras flores, se extendía entre la casa y la verja carcomida por la herrumbre.

A pesar de no haber luz en la casa –es más, la casa parecía abandonada desde hacía mucho–, no había duda de que la exquisita música de arpa venía de dentro.

Un relámpago roturó el cielo alumbrando túnicas de lluvia y vapor que oscilaban sobre el mar como gigantes. Enseguida comenzaron los truenos. Me pegué, tiritando, al muro del jardín y esperé a que amainara.

No aguanté mucho. Estaba calada hasta los huesos, y

la sensación de estar espiando me ponía muy nerviosa. Pero cuando me giré para marcharme, se me enganchó la mochila entre unas ramas. Me costó trabajo soltarla, pues casi no podía volverme. Di un estirón y regresé a todo correr al sendero, y de allí al lugar donde había dejado la bici, cerca de la carretera.

El viento y la lluvia me persiguieron mientras pedaleaba con garbo camino de casa, con la mochila a la espalda y unos buenos rasguños en las piernas.

Nadie se fijó en mi aspecto: papá acababa de llegar para las fiestas y no tenían ojos más que para él.

Esta historia hubiera quedado en simple anécdota sin continuación, de no ser por un imprevisto. Mi presente no sería tal como es, si no se me hubiera perdido el cuaderno. Me di cuenta por la tarde: no estaba en la mochila. ¿Se me habría caído en el sendero del acantilado? ¿O quizá cuando se me trabó la mochila en los arbustos, junto al muro de la vieja casa? Tenía que ir a buscarlo cuanto antes, recuperarlo costase lo que costase.

Llovió todo el tiempo y no pude salir del pueblo. Me puse de mal humor. No podía dejar de pensar dónde estaría el cuaderno y cómo lo encontraría, si es que llegaba a hacerlo. En el cuaderno violeta estaba escrita mi vida, y no quería que nadie lo descubriese, ni siquiera las cándidas ardillas que vivían en el jaral.

6. *Fiestas*

A los dieciséis años pensaba que el amor era una orquídea que tenía que plantar en la mejor tierra; o una aguamarina que custodiar en algún cofre a salvo de ladrones. Me imaginaba que la diestra tijera o el llavín perfecto para acceder al amor sería, algún día, cuando diese con él, mi chico, mi amigo.

Otras veces, esa alegoría me parecía una bobada. Ni flores exóticas, ni gemas preciosas, ni gaitas templadas. Me moría por saber lo que era un beso. Enloquecía por probar qué se sentía al besar a alguien. Y soñaba con ello, excitada y vehemente. Deseaba probar, pero no con el primero que se me pusiese delante, ni de buenas a primeras, no.

En el fondo, aguardaba la hora mágica. Esa hora que tarda tanto en llegar y llega cuando menos te lo esperas, y tanto si estás preparada como si no, te crees que ese momento es el auténtico. O crees que lo crees de verdad. Más adelante, el tiempo te dice si te has equivocado. Él es quien coloca cada cosa en su lugar. Hace su evaluación minuciosamente y te pone nota.

Por eso, aun sabiendo que el tiempo es implacable y acaba por difuminar casi todo lo vivido, los recuerdos bellos se retienen intactos porque la memoria los acoge generosamente. Ocurre como con los pastelillos recién horneados y dispuestos con mimo en una bandeja: no nos cansamos de admirarlos cuando nos salen bien.

También hay recuerdos de otra clase, evocaciones escabrosas que dan asco como cuando, al leer un libro, te encuentras un resto de comida en la siguiente página.

Así, zurcidos con pespuntes de nubes y costurones de fango, aparecen en este cuaderno los retazos luminosos y oscuros de mi vida.

Al día siguiente de la tormenta comenzaron las fiestas del pueblo. Había orquesta en una explanada al final del puerto, junto al rompeolas. Mis amigas y yo nos habíamos sentado en un peldaño de piedra, y comíamos pipas y charlábamos sobre los planes para el verano, sobre las asignaturas aprobadas y las suspendidas, sobre los días que faltaban para ir de excursión aquí o allá... Esa noche teníamos permiso hasta tarde para poner al mundo tamborileando con nosotras.

Y entonces apareció Alain con sus amigos. No me lo esperaba. Nos reconocimos desde lejos.

—¿Bailas, Joana?

Alain tenía los ojos castaños y el pelo del color de la arena. Llevaba camiseta y pantalones cortos de safari. De cuando en cuando, sonreía con la pose pícara de quienes se sienten atractivos; otras veces, ceñudo, se colgaba en la frente un cartel invisible en el que decía «Abstenerse curiosas y frívolas». Cuando lo conocí mejor me di cuenta de que aquello era una estrategia para despistar y protegerse. Alain era muy especial, un hábil interlocutor que sabía escuchar con calma tendiendo puentes de amistad sin condiciones.

Y yo, ¿cómo era yo? ¿Cómo era aquella Joana de entonces? Una chica de dieciséis años que, en su viaje hacia la tierra llamada «Felicidad», peleaba consigo misma por hacerse con la inteligente cabeza de la lechuza, el sencillo corazón del ciervo y el ardiente vientre de la pantera.

Bailamos. Después nos sentamos a hablar en el malecón, descalzos, rompiendo con los pies los reflejos plateados de las farolas en el agua. Un sentimiento redondo como la luna me llenó el pecho cuando me acompañó hasta mi portal y quedamos para el día siguiente.

7. La casa

Alain y su cuadrilla habían venido a Garraitzeta a pasar las fiestas. No montaron las tiendas en el *camping*, sino en una campa a la entrada de un pinar.

En un ángulo del sombrío pinar, arropada por el musgo, se hallaba la fuente de Liape, un manantial de agua mineral cuya poza relucía adornada con lentejas de agua. No se oía más que el canto de los herrerillos y los cencerros del ganado que pastaba en los alrededores. Si el mudo musgo poseyera, como se creía en los viejos tiempos, el don de hablar, hubiera relatado historias de ánimas.

De niños nos contaban que los muertos solían ir a ese arroyo a beber, y que fue ésa la razón por la que murió un chiquillo que apareció ahogado en el río: debió de asustarse con algo del otro mundo y corrió desde el manantial hasta el río, con tan mala fortuna que resbaló y cayó al agua. Decían que lo encontraron en la bocana, los ojos devorados por los cangrejos y la boca llena de lodo.

Creo que esa historia era una patraña urdida para

que no nos alejáramos del pueblo, pero al mismo tiempo se convirtió en acicate para fantasear sobre el prohibido rincón del manantial, tanto que hasta el más sano «arre» pronunciado por cualquier aldeano nos habría parecido un conjuro o una maldición de brujas. Y resultó que Alain y sus amigos montaron allí las tiendas, en un claro acolchado con agujas de pino.

Habíamos trabado amistad la noche anterior en la verbena y urdimos un plan muy estimulante: organizar una merienda en Liape. Los muchachos cocinarían tortilla de patatas y nos contarían chistes a cambio de nuestra visita.

Prohibiciones al margen, nos dimos cuenta enseguida de que en Liape no había nada que temer, de que los ruidos del pinar eran los sonidos de la vida que daba sus pasos igual que en cualquier otro lugar: el murmullo de las cañas de las orillas y el borboteo del manantial eran sonidos de vida. La muerte estaba en otra parte.

Eso es precisamente lo que Alain y yo descubrimos aquella tarde, pues mientras nuestros amigos se hacían más amigos y merendaban, nosotros marchamos hacia el acantilado a buscar mi cuaderno. En las cercanías de la casona de las rocas. Era allí donde vivía el horror, donde habitaba la muerte.

Paseamos despacio, para alargar el tiempo. Queríamos estar juntos.

—¿Tan importante es para ti ese cuaderno?

—Me daría mucha pena perderlo. Sin el cuaderno me siento a medias, como en riesgo de perder la memoria. Para eso sirve verter los momentos al papel, ¿no? Para recordar, al mirar hacia atrás, con mayor claridad. ¿No crees que con el paso del tiempo la gente se olvida de cómo fue antes? —pregunté a Alain.

—A mí nunca se me olvidará cómo eres tú.

—Eso se lo dirás a todas —contesté, coqueteando con cautela.

—A ninguna hasta ahora.

Al anochecer llegamos al acantilado. Resplandecían en el cielo nubes amarillas como burbujas de ámbar. El ir y venir de las olas recordaba los torsos acompasados de las violinistas de las orquestas.

Según mis cálculos, el cuaderno debería hallarse en las inmediaciones de la casa. Se me habría caído de la mochila cuando escapé a toda prisa, asustada por los truenos, dos días antes.

Dimos con él cerca del muro, bajo un madroño. Se le habían reblandecido las cubiertas, pero el interior estaba seco y las hojas se conservaban limpias. Me sentí aliviada al recuperar los testimonios de mi intimidad.

Alain dijo entonces:

—La puerta está abierta.

La puerta de la casa aparentemente abandonada estaba entornada.

—¡Qué extraño! Parecía deshabitada.

—¿De quién es la casa? ¿No tienes ni idea?

Recordé el episodio del día de la tormenta.

—Anteayer se oía música de arpa.

—¿Entramos? —propuso Alain.

—¿Entrar? ¿A qué?

—A curiosear. Llamamos y decimos que nos hemos perdido. O que tenemos sed y que nos inviten a un vaso de agua.

A un costado de la cancela había una pequeña campana sin badajo, mellada y oxidada. Alain cogió un guijarro para golpearla y avisar así de nuestra visita a los habitantes de la casa, si es que los había. Me daba reparo hacer tanto ruido en un paraje donde no se escuchaba más que el siseo de las lagartijas y el envite del mar.

No contestó nadie. Retiramos la roñosa cadena y atravesamos la portezuela de la verja.

—No hay nadie. Vamos.

—¿Y la música del otro día? —pregunté a Alain, siguiéndolo poco convencida.

Avanzamos hacia el portón por un paseo de grava, bajo un cielo añil que insinuaba el perfil de las montañas de la costa.

Nos detuvimos para fijarnos en el escudo. Un robusto camelio que había crecido apoyado en la fachada llegaba hasta aquel original blasón que representaba a la estirpe de la casa: un libro asentado sobre dos llaves cruzadas, y en la parte inferior, un mar de llamas en el que un animal se erguía sobre sus patas traseras.

Cruzamos el umbral. Durante unos momentos, no percibimos nada, salvo un atosigante olor a cerrado y nuestros pasos resonando en la estancia. En cuanto me habitué a la falta de luz, busqué a tientas el pestillo de una contraventana y pudimos ver la habitación gracias a los rayos de luna que entraban desde el exterior y se repartían en la oscuridad como filamentos de purpurina.

Nos encontrábamos en una espaciosa sala en la que, si bien todo descansaba bajo una tupida capa de polvo, se apreciaban el cuidado y el buen gusto de antaño. Las paredes estaban decoradas con un hogareño papel de flores campestres, despegado en algunas zonas a causa de la humedad. Entre los muebles, la mayoría cubiertos con sábanas, destacaban un diván y varios sillones orejeros. Un ramo de calas mustias ensombrecía un búcaro de alpaca labrada sobre la repisa de mármol de la chimenea, y en el hueco de ésta, en lugar de leños, había un mamífero disecado, tal vez un zorro o un lince.

Ocupaba la parte izquierda de la puerta un largo banco rústico, debajo del cual se veían dos pares de botas de montar. A continuación, dispuestos en una vitrina, había fustas, escopetas y utensilios para la caza y la pesca.

A la derecha de la puerta, una alacena en la que vajilla y tazas de porcelana aparecían meticulosamente ordenadas, y frente a la alacena, una mesa camilla para tomar el té. Más allá de la chimenea había otra puerta, entreabierta, probablemente la de la cocina. El cuarto de baño debía de estar también allí, pues de aquella zona procedía un acre olor a orines.

El asfixiante hedor se adueñó de mi olfato y sentí en la cara la pegajosa caricia de una telaraña. Quería acabar cuanto antes aquella pintoresca visita y aspirar aire limpio. Me inquietaba el crujido que arrancábamos del suelo a cada paso.

Al fondo de la sala, nacía una escalera de madera tallada.

—¿Subimos o qué?

—Estás loco. ¡Si no se ve nada!

—Este sitio está bien para organizar un guateque de pandilla, ¿no crees?

—Claro, y para pillar alguna alergia. O llevar piojos a casa.

De pronto, oímos un gruñido, una queja rabiosa, la protesta de un animal azuzado. Venía de la chimenea.

Inmediatamente echamos a correr. Alain tropezó con una alfombra y se abalanzó contra mí, dándome impulso. No sabíamos qué, pero había algo vigilándonos, dispuesto a atacarnos si continuábamos allí un segundo más. Huimos sin mirar atrás, desandando el camino en una precipitada carrera, primero hasta la senda y seguidamente hasta la carretera. Cuando nos atrevimos a girar la cabeza, no se veía nada ni nadie.

—¡Mierda! ¿Qué ha sido eso?

El miedo nos cosquilleaba dentro del cuerpo. Intentamos encontrar una explicación razonable.

—Algún animal se habrá refugiado en la casa. Un jabalí, tal vez.

—¿Es que tocan el arpa los jabalíes? —insistí.

—Bueno, eso fue el otro día. Hoy no hemos oído música. Ya sabes que en fiestas la gente se mete a dormir en cualquier sitio. Puede que el jabalí haya desalojado a los inquilinos.

Empezamos a reír, de puros nervios.

8. Primer amor

Hablamos poco en el camino de vuelta. Centelleaban los focos de un carguero en el horizonte y, más cerca del pueblo, los candiles rojos y verdes de las barcas que regresaban de pescar. Las gaviotas sobrevolaban el puerto en bandadas, enloquecidas por el tronar de los cohetes que avisaban de que los fuegos artificiales estaban a punto de comenzar. Nos sentamos a verlos en un murete revestido de madreselvas que se alzaba a bastante altura de la playa en una curva de la carretera. Un cohete trazó en el cielo frente a nosotros una enorme buganvilla de luz fucsia.

Alain me cogió la mano.

Mi corazón era un pájaro invisible que palpitaba en el nido de nuestras manos diciendo «estoy aquí, estoy aquí».

—¿Sientes mis latidos?

El silencio me atolondraba, empañaba cualquier atisbo de frase, así que dije semejante ñoñez por decir algo, por sacudirme el nerviosismo de estar tan cerca el uno del otro y no saber cómo actuar. Era complicado comunicar los sentimientos con llaneza. Teresa, por ejemplo, jamás daba vueltas a lo que decía. Era concreta; nada de preámbulos ni circunloquios. La envidiaba porque era capaz de expresar sus ideas sin torturarse en buscar la forma. Yo, en cambio, ensayaba mil fórmulas antes de pronunciar media palabra. Buscaba comentarios memorables, y los que surgían eran débiles balbuceos u ocurrencias bobaliconas, palabras que, a mi pesar, pocas veces hacían fortuna. Mejor hubiera sido morderme la lengua. Sin embargo, la reacción de Alain me alivió.

—Sí que los siento. Pero me sudan las manos. ¿Te importa?

—No, no, no. Quisiera estar así siempre, con mis manos entre tus manos..., y mi pensamiento en tu pensamiento.

—Ya lo estás.

Alain llevaba al cuello un cordel de cuero con un colgante de plata: una diminuta bola del mundo. Se lo quitó para regalármelo.

—Joana, nuestro mundo no será tan pequeño, ¿verdad?

Y me colocó el colgante. La rotundidad de Alain me emocionó. Me entraron ganas de llorar. Me desbordaba el repentino cambio que obraba en mi vida: el cúmulo de sensaciones que hasta hacía bien poco me había mantenido en ebullición iba aplacándose mansamente, al igual que el recelo abandona al cachorro salvaje cuando lo adiestran con confianza.

Aquel regalo me daba a entender que me estaba convirtiendo en dueña de un mundo nuevo. Y que en el origen de ese universo estaba Alain, pidiéndome que me quedase allí con él.

—Quiero escuchar siempre tu nombre junto al mío, Joana.

Y me besó.

Mi primer beso. Un destello abriéndose camino en mi boca para acomodarse alegre en mi corazón. Enseguida, al besarme una y otra vez en la cara y en el cuello, los labios de Alain me parecieron mariposas que se posaban y volaban, que se posaban y volvían a volar.

9. La leyenda de los Lope de Aver

—Abuela, ¿duermes?

Cuando entraba en su habitación y la veía tan quieta me alarmaba, pues no sabía si estaba dormida o si, por fin, la había venido a rescatar la muerte que tanto anhelaba.

—Abuela…

Abrió los ojos, imposibilitada para ladear su cuerpo anquilosado. Acostumbraba a tener un pañuelito en la mano, fuera para secarse las lágrimas o para limpiarse la saliva que a menudo se le escapaba contra su voluntad, porque, aunque yacía encorvada bajo el peso de los años, mantenía intacto su sentido del aseo. La cuidábamos entre mi madre y yo: la vestíamos con sus camisones de algodón, la peinábamos, depilábamos el escaso pero rebelde vello de su cara, le limábamos las uñas, rociábamos colonia de lavanda sobre sus sábanas, untábamos pomada en las durezas de sus codos y rodillas… Todo esmero era poco para evitar que le saliesen llagas.

—Abuela, ¿duermes?

—No, niña, estoy pensando… ¿Quién está en casa?

—Sólo yo… Se han ido a dar una vuelta.

—¿Qué tiempo hace hoy?

Sabía por qué me lo preguntaba. No era una pregunta trivial. Un antiguo refrán vasco dice que si alguien muere mientras está lloviendo, su alma va derecha al cielo; si hace viento, en cambio…

—Calma chicha, abuelita.

Sonrió con gratitud.

—Abuela, ¿has estado alguna vez en las rocas de Murrueta? —inicié mi investigación sobre la inhóspita casa del acantilado.

—¿En Murrueta? Cantidad de veces… De jóvenes solíamos ir allí a por lapas.

—¿Desde el caserío? ¡Si está lejísimos…!

—Un poco lejos sí que estaba, pero con lo ricas que son las lapas en salsa, no había caminata que se nos resistiese… ¿Por qué me lo preguntas?

—¿Conoces una casa en el acantilado de Murrueta…?

—Allí no debe de haber más que eucaliptos.

—No te acuerdas, abuela. Una casa señorial con jardín…

—Allí no hay ninguna casa ahora. Antes sí que la hubo.

—Te digo que hay una casa antigua —insistí, extrañada.

—¿Una casa vieja? ¿Una casa con un escudo en la fachada?

—Eso es, una casa rodeada por un muro, encima de la escollera. ¿De quién es?

—Esa casa se quemó.

—No, abuela, no puede ser, si la vi ayer…

—Esa casa se quemó hace muchos años, cuarenta o cincuenta. Vimos el incendio desde aquí, desde el pueblo.

Decidí no contrariarla. Tenía ochenta y cuatro tercos años. Arrimé una silla y me senté junto a la cama.

—La casa era de los Lope de Aver, una familia más antigua que la fuente de Liape. Eran muy ricos. Tenían posesiones en esta región, muchas tierras. La casa del acantilado era una mansión de veraneo construida para albergar invitados. Recibían visitas constantemente, gente de dinero, aficionada a la caza y a la buena vida. Pero con el hijo tuvieron líos por asuntos de faldas. Ese hijo es precisamente el que vivió en Villa Paradis.

—¿La casa se llama «Villa Paradis»? En sus buenos tiempos, el nombre no le iría mal. ¿Y qué más sabes?

—Déjame pensar… El hijo… creo que se llamaba Kaiet. Sí, Kaiet Lope de Aver. Era ya cuarentón cuando se topó con la mujer que le trastornó la vida. No era de sangre azul, ni adinerada, pero se enamoraron perdidamente. En aquellos tiempos fue un escándalo; ya sabes cómo son las cosas de los pueblos. Ella ofrecía recitales de piano a domicilio para amenizar las fiestas y recepciones de las familias pudientes, y en una ocasión coincidió con Kaiet. Las armonías de la negrita, piel morena y ojos verdes, encandilaron al solterón. Era una mulata bellísima, hija de un pintor europeo, francés…, no sé, y madre isleña, me parece.

—Muy peliculero para un lugar como Garraitzeta —comenté imaginándome cómo podía haber encajado aquella mujer, criada en la cultura indígena, por parte de madre, y formada según la moderna educación urbana europea, gracias a su padre.

—Se conocieron en el extranjero. Antiguamente, los Lope de Aver tenían negocios en América. Plantaciones, sobre todo. También eran armadores y comerciantes de productos de ultramar. Kaiet vivió durante varios años en Cuba, al cargo de los dominios familiares. A principios de siglo todavía conservaban el lustre de las épocas pasadas.

—Lustre conseguido a costa del sudor ajeno, claro. ¡A saber cuántos bastardos dejarían en aquellas tierras…! Como en los folletines. Adivino el resto: los Lope de Aver no admitieron a la mulata en la familia.

—Además, como era mucho más joven que Kaiet, empezaron las habladurías. Tendrían una diferencia de edad de veinte años, así que la gente estaba convencida de que aquel matrimonio era puro interés, de que ella lo había engatusado sólo por las perras… ¿Te he dicho que se casaron?

Noté que mi abuela, algo fatigada, empezaba a jadear. Le serví un poco de agua.

—Se casaron en cuanto llegaron aquí…

—¿Viste la boda?

—No, porque no se casaron en el pueblo, sino en la ermita de Santa Lucía, en tierras de la familia, cerca de Liape. Acababa de estallar la guerra civil. La madre de la joven ya había muerto —recordó—. Su padre que sólo estuvo de paso, marchó en busca de noticias de la poca familia que había dejado antes de afincarse en Cuba. Tres años más tarde empezó la otra guerra, la segunda guerra europea. ¡Cuánta escasez, cariño! Las pasamos moradas a causa del racionamiento. Menos mal que tu bisabuela nos bajaba comida del caserío: patatas, leche… Una vez la asaltaron dos mujeres, la metieron en un portal y le robaron todo lo que llevaba en el cesto, seguramente para dar algo que comer a sus pobres hijos…

—Abuela, ¿conociste a los Lope de Aver? —retomé el hilo de la conversación.

—Joana, hija, antes nos conocíamos todos, por lo menos de vista… Yo ya llevaba varios años casada con tu abuelo y nos queríamos como el primer día. Kaiet y su mujer se llevaban una pila de años, ¡y qué! La edad no tiene nada que ver. Muchas parejas son de la misma edad y malgastan la vida amargándose el uno al otro. Ella, delicada de salud, enfermó. Decían que por culpa de nuestro clima húmedo. Pero lo peor fue el desdén de los Lope de Aver. Aunque ya sabes que, en estas historias, nunca se puede saber exactamente cuánto hay de verdad y cuánto de rumores. La pareja no salía apenas de casa. El matrimonio no duró mucho, unos cuatro o cinco años.

—Cinco años no es tan poco… —medité en voz alta, sin intención de que la abuela me atendiese.

—Por desgracia, no llegaron a tener hijos. Kaiet murió en un accidente de coche. Sí…, él murió antes. ¿Sabes quién vio el accidente desde su barca, cuando pescaba frente al acantilado? El abuelo de tu amigo Jon. Fue él quien dio aviso a los alguaciles, que vinieron aquí a buscar al abuelo. En aquella época solían guardarse en casa del sacristán los óleos de la Extrema Unción, por si surgían avisos durante la noche. Tu abuelo acompañaba al cura a las casas, fuera la hora que fuese. Solía llevar un farol con una vela y una campanilla que hacía sonar de cuando en cuando...

Interrumpí a la abuela para que no se alejara del tema principal.

—¡Pobre mujer! Viuda y huérfana, sin hijos, desarraigada, lejos de su país, una joya perdida entre brumas de soledad...

—Una noche hubo un incendio en la casa. Ya te he dicho antes que vimos las llamas desde el pueblo. Nunca se me olvidará. Fue en 1942, el año que nació mi chiquitina, tu madre, después de tres varones. Mi último suspiro, ya sabes. Yo ya tenía treinta y tantos años, y tres hijos a cuestas, que costaba mucho criar... Eran tiempos de estrecheces.

—¿Y qué fue de la esposa de Kaiet?

—Murió quemada.

El relato me afectó hondamente. Sin ella saberlo, la voz serena de mi abuela reavivó la inquietud que sentía respecto a la casa y sus habitantes. Mi imaginación no requería muchos detalles para reconstruir las escenas de aquella truculenta historia. No había duda de que un misterio se cernía en torno a Villa Paradis. Todo era verosímil, pero un dato crucial desbarataba la versión de mi abuela: la casa seguía en pie. De eso no tenía la menor duda.

—¿Y tú a santo de qué andabas por Villa Paradis? —me preguntó de golpe.

—Pues… ¡cogiendo lapas!

Le di un beso en la frente, divertida con mi propia respuesta. Era hora de dejarla reposar. Me dispuse a marchar, y cruzaba ya el umbral del cuarto, cuando la oí susurrar un nombre en voz baja:

—Luci, Luci Sentans… Así se llamaba la mujer. Y tocaba el arpa, no el piano.

La abuela se quedó dormida. O tal vez pensando.

10. Un mensaje el día de disfraces

Un pijama de rayas de mi padre, un sombrero de paja, tiras de tela en las mangas y el cuello. Manchas de hollín hechas con corcho quemado y una zanahoria de cartón sujeta a la nariz con una goma. He ahí un espantapájaros: el traje del día de disfraces que tanto Alain como yo íbamos a llevar.

Eran las diez de la mañana. Los *txistularis* recorrían las calles para despabilar a la vecindad mientras los barrenderos recogían a montones vasos de plástico y alpargatas desemparejadas. Me asomé a la ventana. Había gente durmiendo en la playa, dándose un chapuzón, alguno que otro brincando, todavía con cuerpo de jarana. Aunque el sol invitaba a acercarse hasta el acantilado, el susto de la tarde anterior me había templado las ganas para darme mi baño de siempre. Preferí bañarme en la salsa de la fiesta.

—Mamá, hoy no como en casa. Tomaremos unos bocadillos en la calle. ¡Hasta la noche! ¡O hasta mañana!

—¡Eh! Ve con cuidado y pórtate bien.

—Mamá, por favor... Ya sabes que *siempre* me porto bien —respondí, poniendo énfasis en el adverbio de tiempo.

—Sí, pero te lo digo para que no se te olvide, por si acaso. ¿Has cogido las llaves?

Ya me había disfrazado. Pasé con cuidado por encima de un borracho que había escogido nuestro portal para echar un sueñecito. La calle estaba animada porque a las doce lanzarían el cohete que daba inicio al día de disfraces. Iban por mi camino chicas disfrazadas de mariquitas, niños vikingos, un trío de cavernícolas...

Me reuní con los demás en la plaza.

—Novedades, Alain. Mi abuela me ha contado muchas cosas sobre la casa del acantilado. Sabe de quién es, o de quién fue, mejor dicho. Pero creo que desvaría un poco. Me ha dicho que Villa Paradis se quemó hace años.

Alain me agarró del hombro y me dijo al oído:

—Entonces tendremos que organizar otra expedición.

Bromeaba. No le hice caso.

Las calles de la parte vieja son empinadas y estrechas. En fiestas se concentra tanta gente que se forman dos hileras para circular, cada una en un sentido. Avanzábamos, poco a poco, entre chorros de *kalimotxo* y chirimiri de confeti. Entonces alguien me agarró de la mano. Al principio pensé que era alguien de mi grupo, pero por la aspereza de la piel deduje que era el tacto de una persona mayor. Al instante sentí que me dejaba un papel en la mano. ¿Qué porquería…? Nos rodeaban una pandilla de piratas, una monja fortachona, varias señoras vestidas de cabareteras…

Una vez fuera de la callejuela, me retrasé a propósito para examinar el papelito. Me quedé atónita. Era una tarjeta de visita, en tono crema. Lucía en el centro dos barrocas mayúsculas doradas «L. de A.», y un anagrama: un par de llaves cruzadas sobre un mar de fuego y bajo un voluminoso libro.

Se la enseñé a Alain. ¿Cómo interpretar aquello? ¿Era una invitación, una broma de mal gusto, un aviso…?

—¿Le has dicho a alguien lo de ayer…, dónde anduvimos? —quise saber.

—No… ¿Quieres que lo sepan los demás? —la seriedad de Alain no concordaba con su disfraz de espantapájaros—. Si se ofrecen unos cuantos valientes, podríamos ir y…

No le dejé continuar.

—No nos van a hacer caso. Nos dirán que hemos visto demasiadas películas y se reirán de nosotros, o pensarán que queremos gastarles una broma tonta.

Mis argumentos no eran sinceros. Alain se dio cuenta.

—Joana, no te creo. No me vengas con esas excusas.

—Tienes razón —reconocí—. No es por eso. Es porque la persona que me ha dado la tarjeta, signifique lo que signifique el mensaje en blanco, sabía perfectamente a quién se la estaba entregando. O sea, que me ha conocido. Y eso me asusta. No sé cómo tomármelo.

—Pues tómatelo con calma. Mañana volveremos a Villa Paradis, o como se llame, y si las cosas se complican, lo dejamos estar. ¿De acuerdo?

Asentí con la cabeza.

Nos divertimos mucho. Compramos pan, queso, jamón, frutos secos, melocotones, bebidas, chocolate y otras chucherías que comimos en el pinar. Las tiendas se mantenían frescas en la sombra, así que todos echamos la siesta, en un agradable sosiego. Bueno, no todos... Yo tuve una pesadilla, tan corta como odiosa: nadaba en el mar, cuando de pronto una mano me asía y tiraba de mí hacia el fondo. Gritaba pero no había nadie en el acantilado que pudiera socorrerme.

Me desperté sudando. Alain babeaba sobre el saco, bien dormido.

—Al menos no ronca —me dije, y salí a contemplar el crepúsculo.

Más tarde, por la noche, los dos nos dirigimos a la playa cogidos de la cintura.

11. Bajo las estrellas

Bajo el cielo cuajado de estrellas, con el cabello húmedo por el rocío, nos abrazamos durante largo rato. Nos llegaba una amalgama de sonidos, musiquilla de tiovivos, sonsonete de tómbola, bombos de comparsa, atenuada por la distancia y el relente que nos hacía temblar como una pintura oriental mecida por el viento. Teníamos la voz presa y no éramos capaces de decir más que una frase. Nos salía a borbotones porque habíamos hecho estallar un dique en las venas: «Te quiero, te quiero, te quiero...»

Gozaba de su compañía con el gozo que se siente cuando se recibe una buena noticia aguardada durante mucho tiempo, ya que tenía la certeza de que acababa de encontrar un firme peñasco en medio del incoloro río de la vida que hasta entonces me había transportado en solitario: el amor de Alain.

Nos tendimos cerca de la orilla para escuchar las olas. Las olas nos dijeron que el cariño a veces es tórrido y a veces gélido, que los amores que van para largo suelen convivir con miradas mudas y silencios elocuentes, que el deseo es experto en abrochar y desabrochar ternura y hastío.

Alain me miró a los ojos. Y yo le respondí que sí, que para siempre.

Luego nos adormecimos igual que la abeja que se duerme en el corazón oloroso de la rosa.

Ahora, cada vez que miro al cielo en las noches serenas, me da la impresión de que, de esa indescifrable cavidad, surgirá súbitamente una señal cósmica, una fosforescencia particular que corrobore que me hallo en ese punto exacto de la galaxia atendiendo a un propósito concreto. Hasta hace poco, vivir, resignarme a seguir adelante, me parecía una condena. Por eso, cuando me tumbo boca arriba, aspiro a comprender el sentido de mis padecimientos. En otras palabras, rezo para que prenda en mí el legítimo sentimiento de sentirme única y valiosa.

La noche en que decidimos ser el uno para el otro, las raíces de aquella flor que yo entendía que era el amor se enredaron en las raíces de Alain. Florecieron dieciséis años como dieciséis pétalos de carne desafiando a la intemperie, y elaboramos la savia que habría de alimentar nuestro pequeño universo circular y danzarín, un planeta niño que llenaríamos nosotros poco a poco, en el que la única ley consiste en saber que ser uno mismo es ser también con quien amas y para quien amas.

Hoy sigo sintiendo a Alain cada noche. Lo que ocurre es que ya no está junto a mí y, sin embargo, al mismo tiempo, lo tengo a mi lado.

12. Por tercera vez en Villa Paradis

Alain me esperaba en la carretera. Recorreríamos en bici el camino hasta el acantilado. Llevábamos en la mochila un par de linternas, una navaja y la cámara de fotos. No sé qué era lo que nos daba aliento: si la audaz ocurrencia de explorar Villa Paradis o el reto de correr juntos un riesgo en secreto.

Alcanzamos en una media hora la senda que conducía a la escollera. A lo lejos, Garraitzeta descansaba envuelta en una reverberación tenue como papel de seda.

—¿Te apetece un baño en tu cala? —me propuso Alain guiñándome el ojo.

Recordé el mal sueño de la tienda de campaña.

—¿Un baño? ¡Cuando pienso en lo tranquila que solía venir antes aquí, a mi rincón, y lo poco que me tienta ahora…!

Dejamos las bicis, cruzamos a paso ligero entre los eucaliptos y llegamos frente a la casa. La observamos detenidamente. ¿Había algún rastro del incendio que mencionó mi abuela? La cal de las paredes estaba agrietada y las contraventanas colgaban de sus bisagras. En el terreno se notaban las huellas que habíamos dejado la vez anterior. La casona abandonada seguía igual, pero…

—Aquí vive alguien —dije en voz baja—. Alguien que no es el bicho del otro día. Falta fruta en ese mandarino. Hay un cubo en el brocal del pozo. Y mira, un cesto de mimbre junto a aquella mata de hortensias. Tiene que haber otra entrada. Vamos a la parte de atrás.

La naturaleza había hecho crecer alrededor de la casa un espeso anillo de vegetación que debíamos atravesar. Nos llegaba el zumbido de los insectos escondidos en la maraña mientras aplastábamos los frágiles tallos de infinidad de especies herbáceas que se dejaban doblar lánguidamente. De repente, un perrazo blanco surgió de entre los árboles y se nos quedó mirando con fijeza. Nos detuvimos en seco, esperando el ataque del que en esta ocasión no tendríamos posibilidad de salir ilesos. Sin embargo, el perro se alejó mansamente hacia la parte trasera de la villa, sin ladrar siquiera.

—Joana, te presento a nuestro supuesto amigo el jabalí blanco. Pero bueno, ya os conocéis de la otra tarde… —Alain se esforzó en hacer un chiste.

—Da un poco de asco. Parece enfermo. Y además no es blanco, sino albino. Y esos ojos rojos dan escalofríos.

La sorpresa nos paralizó cuando llegamos al otro lado.

La parte trasera de la casa era un esqueleto de madera carbonizada. Algunas plantas trepadoras habían invadido las vigas del techo, y entre la hierba que crecía con calvas en toda la base de la construcción, se esparcían abundantes astillas de cristal, fragmentos de ladrillo y pedacitos de teja.

Mi abuela tenía razón a medias: la casa sí se había quemado. Pero no entera.

Un olor agrio nos fustigó el olfato. No se trataba de olor a quemado, lo cual resultaba imposible después de cincuenta años. Era un aroma pestilente, mezcla de distintas sustancias, idéntico al que percibimos cuando estuvimos dentro de la casa al anochecer. Nos protegimos la nariz con la mano y nos giramos lentamente.

Una voz ronca rompió la tensión del momento.

—Acercaos, chicos. Acercaos sin temor.

La voz procedía de un recinto rodeado de sauces en el que no habíamos reparado aún: a la orilla de un estanque reverdecido por un velo de algas de agua dulce, se erigía una pérgola romántica. Una celosía de madera, que en su origen habría sido blanca, se veía ahora lilácea, decapada por el embate del viento y de la lluvia de muchos años. Sobre la curvatura del arco principal refulgía una lámina metálica con un símbolo labrado que ya nos era familiar: las dos llaves sobre un mar en llamas. A la sombra de la arcada, inundada por una cascada de glicinias, había dos mujeres: una de pie, la otra en una silla de ruedas. La que estaba sentada nos hacía señas.

Cuanto más nos acercábamos a la plazoleta de mosaico donde se ubicaba la pérgola, más hediondo se volvía el olor. La mujer que estaba de pie sacó un frasco del bolsillo de su bata, y esparció algunas gotas. Las rojeces de sus manos revelaban que estaban habituadas a la dureza del trabajo. El hedor se mitigó al momento. Al percatarse de que yo me había quedado mirando al frasco, la mujer sentada habló de nuevo:

—Sí, señorita. Has acertado. Es lo que estás pensando.

Claro que sabía lo que era aquel líquido prodigioso que purificó el ambiente en un momento: alcohol de romero. Lo usábamos en casa cuando aseábamos a la abuela. Mi querida abuela se hacía encima sus necesidades, en unos pañales de celulosa especiales para impedidos, y a la hora de la limpieza, mi madre o yo echábamos unas gotas de alcohol de romero en la habitación para disimular el olor a excrementos.

El cuerpo humano es una arquitectura perfecta hasta que la enfermedad lo denigra y lo convierte en una cloaca. Entonces hay que sobreponerse a la voluntad, hacer de tripas corazón y armarse de valor para mirar en toda su crudeza un cuerpo desnudo castigado.

—Tengo úlceras en las manos. Apestan, ¿verdad? —comentó.

La mujer de la voz ronca era de una delgadez extrema. Un fino paño de lino le cubría cabeza y rostro, y vestía enteramente de negro, impidiendo ver ni la más mínima parte de su cuerpo. Sostenía en su regazo la cabeza del perro albino que acabábamos de ver en el jardín, y la sobaba, con las manos envueltas en vendajes.

—Dolores, ¿qué hora es? —preguntó a la criada.

—Las doce en punto, señora.

—Buena hora para revelar secretos, ¿a que sí? —dijo, dirigiéndose al perro.

El perro se rascó la barbilla y entrecerró sus ojos rojos en un ilusorio gesto de asentimiento.

—¿Cómo te llamas, niña?

—Joana. Me llamo Joana.

—*Enchantée, mademoiselle.* Celebro conocerte, reina —y lanzó una risotada—. ¿Se puede saber por qué merodeas por aquí últimamente? Hoy no es la primera vez...

—No sabemos de qué habla —la interrumpió Alain, intentando protegerme de la ironía que destilaban las palabras de aquella anciana.

—Tú a callar. No hablo contigo, muchacho.

Tenía un peculiar acento extranjero,

Alain y yo no podíamos disimular el apuro de haber sido sorprendidos como intrusos en propiedad ajena.

Las palabras surgieron atropelladamente de mi boca. Empecé a explicar con rodeos...

—Suelo venir casi todos los días a bañarme en una cala cerca de aquí y...

—Eso ya lo sé. Hace tiempo que te vi. A propósito, nadas muy bien. Y a juzgar por las horas que pasas ahí abajo, te gusta la soledad.

—Buscaba un lugar para protegerme de la lluvia y oí música. Por eso me acerqué a la casa, sin saber adónde venía... Llovía mucho, así que tuve que buscar un refugio. No hubiera vuelto si no se me hubiera perdido una cosa, un cuaderno.

Una mueca que pretendía ser sonrisa me deformó los labios. Aquella mujer inspiraba autoridad, una superioridad exigente. Me infundía un respeto tan intenso que no me atreví a inventarme una mentira.

—O sea que volviste para recuperar el cuaderno, pero lo hiciste acompañada. Por desgracia, este amigo tuyo es algo indiscreto. La curiosidad es la virtud de los sabios, pero también la perdición de muchos idiotas, *mon petit garçon.* No lo olvides —dijo, sin mirar siquiera a Alain.

Alain calló, abochornado. Me repuse y enseñé la tarjeta a la anciana.

—¿Nos ha enviado usted esto?

—Dolores. Es experta en moverse de un lado a otro sin que nadie se dé cuenta. ¿A que parece una piadosa monjita…?

La monja disfrazada entre la multitud de personajes… Con una pequeña reverencia, Dolores me dio a entender que así era. Resultaba imposible adivinar algún sentimiento a través de su aspecto, salvo la devoción hacia su señora. Me fijé en que tenía un lunar en el escote, una mancha con forma de luna en cuarto creciente.

—Os he hecho venir porque quiero daros una orden. Dejadnos en paz. Alejaos de aquí, ¿está claro? Y si queréis saber algo, preguntad ahora y acabemos de una vez por todas.

Era desconcertante aquella artificial amabilidad que no conseguía camuflar un despotismo frío como una alambrada. Las preguntas giraban sin rumbo en mi cerebro, buscando la táctica para ser formuladas con cortesía. Alain farfulló una excusa:

—Perdone. Entramos en la casa pensando que no estaba habitada. Somos algo aventureros....

—Es verdad —continué—. Pero sí que me gustaría preguntarle algo...

—Te he pedido que lo hagas. Suéltalo ya —su impaciencia echaba abajo nuestra actitud conciliadora.

—Mi abuela me dijo que esta casa perteneció a la familia Lope de Aver, y que en un tiempo, vivió aquí una pareja muy desgraciada...

Un soplo de aire alzó una punta de la mantilla que cubría a la dama de negro. Durante un segundo, me pareció vislumbrar unos mechones de pelo rizado y grasiento cayendo sobre sus hombros. Cabello de bruja. Me esforcé por apartar esa idea.

—Kaiet Lope de Aver y Lucille Saint-Ange. Por supuesto que los conocí. Una pareja modélica, tal era la pasión que los unía. Pero tuvieron todo en contra, los pobres —y volvió a reírse con un bramido que surgía del fondo de sus entrañas.

—Creo que Kaiet vino de Cuba con Lucille...

Mi inocente comentario irritó a la mujer, que se irguió tensa en la silla.

—¿Pero cómo sabéis eso? Ahora toda esa historia no es más que un recuerdo lejanísimo y débil.

Era evidente que no nos diría nada más hasta que revelásemos cuál era nuestra fuente de información.

—Mi abuela es muy mayor.

—Muy mayor, claro, como yo —su risa sonó como un chirrido—. *D´accord.* Kaiet y aquella fulana vivieron aquí mientras estuvieron casados. Cuando murieron me instalé yo en la casa.

—¿Compró usted la casa?

—¡Comprar la casa! —se revolvió furiosa—. Esta casa me pertenecía entonces por derecho y me sigue perteneciendo ahora. Soy la hermana mayor de Kaiet: Felícitas Lope de Aver.

13. Felícitas Lope de Aver

Hinchó su pecho y prosiguió el relato con sequedad.

—Lucille no tuvo paz hasta acabar con nuestra familia. Querían un heredero a toda costa, pero no lo lograron. Abortos sí, tuvo varios. Las criaturas no llegaban a nacer. Mi lerdo hermano no cejaba en el empeño de engendrar un hijo. Y así murió, en castigo de su obsesión. Cuando ya iba por el sexto mes del enésimo embarazo, mi cuñadita se sintió mal una madrugada y Kaiet salió en su coche a buscar al médico. No regresó. Las ruedas resbalaron en un charco helado a la altura de las curvas de Murrueta y el automóvil se precipitó dando volteretas hasta las rocas del acantilado. Al día siguiente, encontramos el cuerpo de Kaiet en un estanque de agua salada, con la columna rota y los ojos reventados. Se le habían clavado los cristales de las lentes.

La mujer emitió un sollozo y besó al perro en el hocico.

Su relato contuvo el aluvión de preguntas que luchaban por salir de mi mente. ¿Qué era lo que se escondía bajo aquel odio contenido, bajo aquel melodrama real? Sin duda, había algo más que simples prejuicios causados por el color de la piel o la clase social para que Felícitas sintiese semejante aversión hacia Lucille.

—Después vino el maldito incendio. Al morir Kaiet, la loca de Lucille dejó de hablar. Se acurrucaba en las esquinas, con las manos protegiendo su vientre, balanceándose y canturreando a la criatura que llevaba en su seno. Sin embargo, aquel último bebé tampoco vio la luz. Nosotros, la familia, pensamos en enviarla a un sanatorio para que recuperase su maltrecha salud, o a un balneario de lujo para distraerla de su depresión, pero ella se negó y se encerró a cal y canto en su habitación. No quería comer ni dormir. Pasaba noches enteras hablando sola, orando a sus ancestros, rodeada de quinqués encendidos. Quería esconderse del mundo. Era insoportable. No sanó nunca. Lo único que logró la puñetera neurótica fue prender fuego a la casa. Por su culpa, ya veis cómo quedó Villa Paradis. Lucille murió asada en su cama, encerrada en su alcoba, bien tostadita. Vivía sola, con una joven sirvienta. Aquí la tenéis: nuestra Dolores. Lucille no admitía la compañía de nadie más. La parte de la casa que continúa en pie se salvó gracias a ti, ¿no es así, Dolores?

—Se salvó gracias a la lluvia, señora —contestó, con la mirada fija en el suelo.

—Al cabo de unos años me trasladé yo aquí definitivamente. Durante mi juventud, viví en varias ciudades de Europa. Me codeaba con la *crème de la crème*. Bailes, casinos, cruceros, modistos y amantes... *Au revoir!* La pérdida de Kaiet trajo aparejada la pérdida de la fortuna familiar. Lo perdí todo. Todo lo que sostenía mi vida de *glamour.* No me quedó ni para arreglar la villa. En mi vida han ido paralelos el matrimonio de mi hermano y mi desgracia.

Ahora quedaba todo explicado. O casi todo. Aún faltaba algún párrafo por redactar en aquella historia.

—¿Y el padre de Lucille? ¿No volvió de Francia después de la guerra?

—¡*Monsieur* Saint-Ange! ¡Ese granuja sí que anduvo listo! Suerte tuvo de conseguir que Kaiet lo acercase a esta parte del mundo cuando ya se le habían difuminado los típicos sueños de gloria de artista mediocre. Partió de joven a las islas con pretensión de ser otro Gauguin. Estaba deseando regresar a Europa, harto de vivir amenazado por la efervescencia anticolonialista: «*Français, partez chez vous!* ¡Fuera los franceses!»

Felícitas satirizó la escena que describía, levantando el puño izquierdo.

—El francés sabía que su hijita no estaba bien de la cabeza. Muchas clases de música y disciplinadas sesiones de buenos modales. Eso es lo que le valió para modelar un sucedáneo de damisela bien educada. En realidad era sólo una hembra resultona, caprichosa y ególatra. Y ahora marchaos. Ya os he contado demasiado. El sol me provoca ampollas en la piel y esta tela está recalentada. *À jamais!* Hasta nunca.

Dolores empujó la silla de ruedas y se dispuso a rodear la casa para conducir a la señora hacia el interior. ¿Cómo era posible vivir allí, lejos del mundo, entre polvo y ruinas? Felícitas aclaró nuestras dudas sin volver la cabeza:

—Nuestra vivienda está en el piso de arriba. En la planta baja quedan demasiados recuerdos. Seguiremos así mientras Dolores sea capaz de subirme en brazos.

Aún no nos habíamos movido de la pérgola cuando llegó a nuestros oídos la almibarada música del arpa. No sé qué melodía sería, pero se nos antojó una nana, una tonada exhalada del pasado para acunar niños malogrados.

—Vámonos de aquí —me dijo Alain—. Vámonos y olvidemos Villa Paradis para siempre.

—Esta historia me ha dejado fatal. Me ha pillado desprevenida.

—¡Pero qué dices! No te la habrás tragado, ¿no? Por favor. Si esa mujer fuera la hermana mayor de Kaiet, debería tener cerca de cien años. Nos ha mentido, en todo, o en parte. Ha tildado de loca de remate a la tal Lucille, pero no me digas que ella misma no es bastante histérica. ¡No se le nota poco que está corroída por los celos, ja!

—¡Shhh! Habla más bajo.

—No puede oírnos desde aquí.

—Y Dolores... Nunca he visto a nadie más taciturno. Es como una estatua de hielo. ¿Cuál es la misión de esa mujer? ¿Servir a dos cuñadas que no podían ni verse? De todas maneras, tenía que ser muy joven cuando se quemó la casa, porque no tendrá más de sesenta o sesenta y cinco años...

Se nos escapaba la lógica de todo aquello. Tirábamos del hilo de nuestros razonamientos, como de la punta de una madeja. Alain tiraba y yo tiraba.

—Desde luego, mi abuela no sabrá idiomas, pero hay que reconocer que tiene una memoria que muchos quisieran. Mira por dónde, el nombre que me dio con su mala pronunciación, Luci Sentans, se aproxima al verdadero nombre de la mujer de Kaiet: Lucille Saint-Ange. Tiene mérito.

—La ilustrísima señora Felícitas debió de pasar mucho tiempo en el extranjero. ¿Te has dado cuenta de su acento afrancesado?

—Venga, larguémonos de esta jaula —di por concluida la reflexión—. Porque eso es esta casa: una tétrica jaula donde viven atrapadas dos pobres cobayas.

14. Primer adiós

Cogimos las bicis y, reconfortados por la brisa que ascendía desde las estribaciones del acantilado, nos dirigimos a Liape a buscar a los demás. No estaban. Nos habían dejado una nota en la entrada de una de las tiendas:

¿Qué, tortolitos, otra vez perdidos?
Os esperamos en el puerto.
Participamos en el concurso de «irrintzis».

Los *irrintzis,* largos gritos que tradicionalmente se proferían para expresar alegría en las festividades, convocar reuniones o infundir valor en las batallas, mejoraron nuestro humor. Además, conseguimos un premio: vales para comer bocadillos gratis en un bar. Era el último día de fiestas y había que aprovecharlo.

Por la noche, Alain y sus amigos se marchaban de vuelta a su pueblo. No hay más de media hora de distancia en autobús desde Garraitzeta, pero era difícil separarse. Me parecía que me había caído a los brazos una piedra de una tonelada: mi chico se iba con su familia de vacaciones al Mediterráneo.

Acordamos hablar por teléfono. Me sentía mal, aplanada por la nostalgia y la rabia. El pájaro del amor, a ratos, me masajeaba el corazón con el suave plumaje de la memoria; y, a ratos también, me hería, se cebaba conmigo a picotazos, poseído por el furor de la impotencia.

«¡Ay!», suspiraba cada dos por tres compadeciéndome de mí. «¿Cómo voy a resistir un mes sin ver a Alain? ¿Qué hago ahora durante el verano? No pienso ir al acantilado ni por descuido. Adiós, querido Alain. Adiós a mi rincón privado.»

Coloqué sobre la mesa el colgante que me había regalado y me puse a escribir el primer poema para Alain.

El calendario se rebela contra mí.
Las olas musitan adioses sin voz.
Las gaviotas se pierden camino del verano.
El bálsamo de la risa no se llama ya amistad.

Desde que tú me faltas,
mi corazón
es un niño errante en una calle sin final.

Sin embargo, poco a poco me fui animando. Volví a frecuentar a mis amigas. Íbamos a la playa, nos apuntamos a un cursillo de piragua y, milagros de tener el tiempo ocupado, los días siguientes a la partida de Alain no fueron tan desastrosos.

Retomé el cuaderno (que había dejado un poco de lado la última semana) y me dediqué a escribir. Del bolígrafo surgían versos y estrofas llenos de sentido. Después de cada sesión de escritura, me levantaba de la mesa con la sensación de que mis sentimientos eran más livianos.

Alain y yo hablábamos casi a diario por teléfono, y el río de la vida, ya no tan incoloro, seguía su cauce con la serenidad que proporciona el saber que, a pesar de la distancia, otra persona te está viviendo igual que tú a ella. Sabía que, en cuanto volviese de vacaciones, él vendría a verme a Garraitzeta como me había prometido.

Sí... Todo iba bien hasta una tarde en que salí de mi casa para ir a la de Teresa a escuchar discos. Vi una figura familiar doblando la esquina de mi calle: Dolores.

¿Hacia dónde iría? Decidí seguirla escondiéndome de cuando en cuando en los portales.

15. En el cementerio

El agua bajaba torrencialmente a través de los dos canalones que flanqueaban la escalinata que conducía al camposanto, y arrastraba en su viaje claveles marchitos y capullos de lirios desprendidos de alguna corona funeraria. Llovía a raudales. Y allá iba yo, persiguiendo lo que podía ser una pista para averiguar algo más sobre una verdad que se nos había explicado sólo en parte. La serpiente de la curiosidad me había envenenado sin remedio.

El camino del cementerio aparecía más solitario que nunca aquel verano lluvioso y extraño. Mis pies se hundían en el cieno, alzando espirales de vaho hacia el cielo color pizarra. Sorteando una hilera de falsos plátanos, llegué hasta la entrada sin que Dolores me viese.

El empedrado estaba resbaladizo. En algunas lápidas se veía la cara del difunto, la mayoría con ese aspecto anodino que se eterniza en la foto de carné. Aquellas fotos que palidecían bajo la lluvia recalcaban la desolación del lugar, y fue así como comprendí que la de allí era la soledad definitiva, la que añora sin esperanza la fugacidad de los momentos felices.

El cementerio de Garraitzeta está compuesto de una zona baja, donde se sitúan la mayoría de las tumbas individuales, y de otras dos, destinadas a los panteones y mausoleos, dispuestas en forma de terrazas en la ladera de una colina. Me apresuré; no quería perder el rastro de Dolores. Vi penetrar su impermeable en un mausoleo de la segunda planta. Me guarecí bajo el sudario que portaba en sus manos una Magdalena de piedra, y esperé sumergida en mis pensamientos.

De niños pasábamos entre sepulturas el día de Todos los Santos. Regresábamos a casa con los zapatos embarrados, después de encender los candiles para las ánimas, al anochecer. Esperábamos impacientes el momento, no por respetar la creencia de que los muertos necesitan tal ofrenda de luz y fuego para ahuyentar las tinieblas que los rodean en el más allá, sino por el mero placer de tener una cerilla en las manos. Mientras tanto, jugábamos al escondite entre las tumbas.

Esa facilidad para evadirse y jugar absortos en pleno territorio de lo fúnebre es un don exclusivo de los niños, pues, aun teniendo cierta experiencia de la muerte, no captan el verdadero significado de las calaveras esculpidas en los mausoleos. Los corazones de los niños son sencillos porque sólo conocen el dolor de pasada. Aprendemos más tarde lo que es la muerte, cuando, al perder a quienes amamos, la vida comienza a írsenos de las manos.

Buscábamos tesoros perdidos a lo largo y ancho

del cementerio. Teníamos nuestra propia teoría, según la cual era fácil adivinar qué personas habían tenido una existencia solitaria, y juzgábamos sin compasión a los familiares de aquéllos cuyas tumbas no lucían adornos. «No los querían de verdad, se han olvidado de ellos», decíamos, y nuestros incautos corazones sentían el impulso de ser piadosos.

Había un rincón donde se dejaban cintas deslavadas, trozos de celofán, flores deslucidas y otros desperdicios que, más tarde, irían a parar a la pira del enterrador. Recuperábamos de aquel montón pétalos de dalias y de gladiolos, y los espolvoreábamos como confites de colores sobre las tumbas desnudas. Entre los lujosos panteones bordados con líquenes blanquecinos había uno abandonado, cuyos asideros de bronce satinado por el verdín admirábamos, sin acertar a comprender cómo podía descuidar nadie semejante sepultura. De todos modos, la tumba que más recuerdo es una simple cruz de madera clavada en el suelo. Una cruz sin nombre. Una tumba anónima, que nunca atendía nadie. ¿De quién sería? Me daba la impresión de que esa cruz debía de señalar a la persona más triste del mundo.

Transcurrieron quince o veinte minutos desde que Dolores entrara en el mausoleo. ¿Qué estaría haciendo durante tanto tiempo? Rezando quizás. O limpiando de hojarasca e insectos el interior, como acostumbraban a hacer las mujeres del pueblo.

La espera se me estaba haciendo interminable, así que salí de mi escondite y me acerqué un poco hacia el mausoleo, dudando de si Dolores se habría marchado en un momento de distracción. Me acerqué aún más; luego un poco más, justo hasta un lateral…, cuando oí un rugido rabioso y, al mismo tiempo, un desgarrón y el ruido seco de un cuerpo cayendo abandonado al suelo. Permanecí inmóvil durante un par de segundos, sin saber qué hacer, y por fin eché a correr cegada por el terror. No sé de dónde saqué el valor para mirar por el rabillo del ojo: Dolores se hallaba tendida dentro del mausoleo, y dos ojos rojos me miraban en la oscuridad.

Corrí y corrí en dirección a la salida. Jadeaba, atenazada por el espanto. En mi alocada carrera, volví a ver los rostros fotografiados de las lápidas, que esta vez parecían observarme con mirada burlona.

Había un hombre en la puerta, tapado con un capote para la lluvia. Estaba a punto de salir. «Espere, espere, por favor», grité. Pero no se giró. Tenía un pesado llavero en las manos, con el que estaba a punto de cerrar desde fuera la verja del cementerio. Es lo último que recuerdo antes de que el pánico me hiciera caer desmayada.

Me desperté con la boca seca y un agudo dolor en las sienes. Al abrir los ojos no comprendí dónde estaba, pero en cuanto reparé en el techo del cual pendían infinidad de cruces de todas las formas y tamaños, me incorporé de un salto. Noté un pinchazo en el costado. Tenía la ropa empapada y tiritaba de frío bajo una basta manta de lana.

En un rincón de la estancia había picos y palas,

además de varias canastas de goma de las que se usan para transportar tierra. Unos andrajosos pantalones de mahón colgaban de un clavo en la pared... Estaba en la caseta del enterrador. Éste me observaba atento, sosteniendo un vaso de vino en la mano. Era Jonás. Lo conocía de vista, desde siempre.

—¡Qué pasa, mujer! ¿Ya te encuentras mejor?

Le contesté con un ataque de tos. Había polvo suspendido en el aire y me picaba la garganta.

—La cal saca mucho polvo. La usamos para desinfectar las fosas cuando toca vaciarlas. ¿Quieres un poco de agua?

Negué con la cabeza.

—¿Qué hora es? —le pregunté.

—¿Eres del pueblo? Es que yo a los jóvenes no os conozco... No sé quién es quién. Cambiáis mucho y... Tú tampoco me conoces, ¿verdad? ¿De dónde eres? ¿Cómo te apellidas? Toma, sécate un poco con esta toalla.

El fornido charlatán que tenía frente a mí era sordo, o le faltaba poco. Hablaba sin parar mientras se servía un vaso tras otro. Yo decía amén a todo, anonadada, sin acabar de liberarme del aturdimiento de la caída. Al cabo de un rato, me explicó lo sucedido:

—Abrimos hasta las seis. Te he visto venir corriendo justo cuando estaba cerrando la puerta, y de pronto, te has caído redonda. Te he traído aquí para echarte en el jergón. Llevas casi una hora en mi «despacho». Ya me estaba empezando a preocupar...

—¡Una hora! ¿Ha visto usted algo? ¿Ha visto a una mujer allá arriba? —pregunté sin recapacitar.

—¿Qué mujer? Con este tiempo de perros, no creo que hoy haya venido nadie.

—He visto a una señora desmayada en un mausoleo. No sé qué le habrá pasado…

—He dado una vuelta antes de cerrar, y no he visto nada, pero bueno, si tú lo dices, habrá que asegurarse.

El enterrador no me inspiraba ningún temor. Al contrario: si su oficio consistía en tratar con los muertos, del mismo modo que otras personas lo hacen con los compañeros de oficina o con los clientes de sus tiendas, Jonás debía de ser un hombre templado, no un alma simplona que cree en fantasmas y en seres de ultratumba.

—Vamos a ver. Si es verdad que has visto a alguien, tenemos que localizarlo cuanto antes. Necesitará ayuda —y añadió entre dientes, mesándose la coronilla—: ¡Vaya tardecita me está tocando…!

Le colocó el corcho a la botella y se levantó de la silla con pereza.

—Acompáñame para enseñarme dónde has visto a la mujer.

—¡Ni soñarlo! Yo no voy, no voy… Ni hablar —me resistí, volviendo a sentir en la garganta un nudo de estropajo que me daba ganas de llorar.

—Tienes que decirme dónde la has visto. Dímelo y espérame aquí si quieres.

¿Cómo iba a quedarme a solas? Acompañar al enterrador o esperarlo, ambas opciones me ponían los pelos de punta.

—De acuerdo. Voy con usted, pero… ¿le importa que le coja del brazo? Por favor…

Me ofreció su brazo con un flamante ademán de padrino de boda.

—Aquí no hay nadie, mujer. Pasa tranquila.

Entré en el mausoleo.

—No hay nadie ahora… Es cierto. Pero sí que ha estado alguien aquí —concluyó, y enfocó con su linterna una mancha de sangre sobre las losas del suelo—. ¿Qué demonios…?

Como dos sombras más entre las sombras del mausoleo, seguimos el rastro que se extendía igual que un océano en miniatura. También había sangre en el umbral, y marcas de zapatos estampadas en el barro. El parterre de boj que circundaba un sepulcro contiguo exhibía salpicaduras rubí, como si lo hubiesen fumigado con un hisopo. Unos pasos más y desaparecía todo rastro. La lluvia había realizado bien su trabajo.

Dolores no se encontraba en el mausoleo.

—¿Sabes quién era la mujer? Seguramente se habrá marchado por su propio pie, una vez recobrado el conocimiento. De todas formas, sí que ha debido de recibir un buen golpe. Toda esta sangre… Lo raro es que no haya acudido a mi caseta a pedir ayuda… —Jonás me miraba con ojos afilados—. Y ahora, muchacha, explícame a qué has venido tú. La gente de tu edad no suele venir aquí así porque sí.

Revelar un secreto es, indudablemente, la mejor manera de convertirse en su esclavo. No iba a soltar prenda, así que tenía que ganar tiempo para contestar.

—¿Vives en Garraitzeta? ¿De qué familia eres?

El enterrador estaba empeñado en averiguar quién era yo. Se lo dije refunfuñando. No me hubiera imaginado que Jonás se alegraría tanto de conocerme.

—¡Por las canicas del delfín tuerto! ¡Habérmelo dicho antes! Conozco mucho a tu familia. Tu abuelo era Patxi el sacristán, ¿verdad? Yo fui monaguillo, cuando niño. Me enseñó tu abuelo.

Me hallaba en una encrucijada: o se lo contaba todo a aquel simpático hombre, o debía fingir e inventarme cualquier disculpa para desviar su atención. Es cierto que la necesidad aguza la inteligencia y, sinceramente, no sé cómo se me ocurrió la excusa para salir del atolladero.

—Jonás, ¿sabe a qué he venido? Tenemos que hacer un trabajo de arte durante las vacaciones. Algunos compañeros han escogido la iglesia; otros, los conventos; algunos, los ejemplos de arquitectura civil, palacetes, casas torre, y demás... Y yo..., yo había pensado centrarme en los escudos..., ya sabe, blasones y esas cosas. Me imagino que aquí habrá escudos interesantes. Hoy he venido por ver el horario, con idea de volver otro día con más tiempo para sacar unas fotos. No sabía que era hora de cerrar...

Así fue como empujé cuesta abajo la bola de la mentira. Y la mentira empezó a rodar sin que yo pudiera prever cuánto crecería ni a quién arrollaría en el camino.

—Pues no creas que aquí hay muchos escudos. No en las lápidas, al menos. De haberlos, los habrá en los mausoleos. Éste, por ejemplo, es uno de los más chulos. Mira.

No me sorprendí al ver el blasón de los Lope de Aver en el frontón del mausoleo. ¿Por qué iba a entrar si no Dolores? ¿Pero dónde estaba ahora? ¿Se habría valido por sí misma para levantarse o la habría ayudado alguien? ¿En qué parte del cuerpo se hirió, en el caso de que la sangre derramada entre las piedras fuese suya...? ¿Y los ojos rojizos que vi al fondo del mausoleo, los confundí tal vez con un par de lamparillas de aceite que parpadeaban dentro de un farolillo arábigo posado en una peana de alabastro?

—¡Vaya, vaya! Así que eres la nieta de Patxi el sacristán. ¿Cómo te llamas?

—Joana.

—Bueno, Joana. Aquí no podemos hacer más. Vámonos, que es muy tarde. ¿Te apetece escuchar viejas historias sobre tu abuelo y sobre mí? —y tomándome galantemente del brazo, me condujo hasta la puerta del cementerio.

16. Charlando en la taberna del puerto

Éramos los únicos clientes en la vieja taberna. Nunca había entrado, puesto que era una especie de mentidero para los lobos de mar. Un perro ratonero que dormitaba con la cabeza entre las patas al pie de un tonel bostezó al vernos entrar. Tenía serrín en el pelo y la marca rosada de una vacuna reciente en el lomo. Era un perro marinero, uno de tantos que forman parte de la tripulación de los barcos. Cuando estaban en tierra, solían vagar por los muelles siguiendo pacientemente de taberna en taberna a los hombres de su embarcación.

—¡*Txo!* Sácanos un vaso de vino y un café con leche.

Un muchacho narigudo de patillas rojas apartó la cortinilla de conchas que separaba el mostrador de la cocina, y apareció estirándose. Tenía un pendiente en la oreja que tintineaba en cada movimiento.

Reparé en la colección de cartas de navegación que vestían las paredes. Debían de ser antiquísimas.

La maqueta de una goleta, iluminada por un cono de luz azulada que procedía de un ventanuco, presidía el estante central tras el mostrador. A ambos lados del estante, clavados en sus respectivos soportes de cuero, se abrían dos trofeos de pesca, las fauces de dos escualos.

Al mirar todos esos testimonios del pasado del mar, acudieron a mi mente cuadernos de bitácora, leyendas de barcos vacíos, mágicas aves marinas, mensajes condenados en botellas, sirenas solitarias que velan los pasos de sus amantes en la playa, ballenas plañideras, y un escritor fugitivo de mi pueblo que escribía poemas y cuentos sobre todas esas cosas de una manera tan bella que imprimía estelas de melancolía en el alma.

Jonás irrumpió en mi ensoñación con una taza de café humeante. Suspiré, di un sorbo, y me dispuse a oír cuanto quisiera contarme.

—Me jubilo este año, pero no me conservo mal, ¿no crees? Tu abuelo y yo nos arreglábamos bien en mis tiempos de monaguillo. Incluso me enseñó a hacer algunas chapucillas de carpintería. Ya sabes, antes aprendíamos a hacer todo tipo de trabajos. Y los domingos asistíamos al cura en la misa. No porque eso nos gustase mucho. Mejor era jugar en el frontón, pero como nos obligaban... Había muchos curas en el pueblo y nosotros nos jugábamos a suertes quién ayudaría a uno o a otro, con tal de librarnos de los sermones más largos. Ya los teníamos catalogados. Serían cinco minutos de diferencia, como mucho, pero para nosotros, cuanto menos, mejor. Y a obedecer a Patxi sin rechistar. Se hacía lo que él mandaba. ¡Menudo currante! ¡Y buen madrugador! Abría la iglesia a las siete de la mañana. Más tarde, su mujer le bajaba el desayuno, una tartera de leche con sopas de pan... Oye, ¿cómo está tu abuela? Todavía vive, ¿verdad? Debe de tener muchos años...

—Cumplirá ochenta y cinco el mes que viene.

—¿Sólo setenta y cinco? Creía que era más mayor —comentó, haciendo cornetilla con la mano en la oreja.

—No, no. Ochenta y cinco. Se ha quedado paralítica. Y ciega.

—Era una mujer hecha y derecha. Pero la vejez no perdona a nadie. ¿Qué tal la cabeza?

—Demasiado bien. Mi madre a veces dice que sería mejor que la tuviese un poco más enredada, para no sufrir tanto —elevé el tono de voz.

Prudentemente, fingiendo ignorancia, arrimé el anzuelo por ver si pescaba algún pez de mi conveniencia. Vistas las ganas de hablar que tenía Jonás, necesitaría carrete para largo.

—Jonás, si no le importa, me gustaría que me explicase algo sobre los escudos que tiene localizados en el camposanto. Necesito saber si merece la pena enfocar mi trabajo por ahí... Por ejemplo, ¿de quién es el mausoleo que me ha enseñado antes?

—Te lo diré con una condición: que me trates de tú. Si somos como de la familia..., ¿vale?

El vaho de mi café y el humo de la pipa de Jonás se abrazaron en gruesas ondas al subir hacia las hojas de parra virgen plantada en una olla de cobre sujeta al techo. El joven tabernero se acercó a convidarnos con un platillo de cacahuetes y me sonrió. Yo también le sonreí.

—Ya no se hacen mausoleos como ése, entre otros motivos, porque ya no hay tantas familias pudientes. Bueno, ricachones sí que hay. Lo que ocurre es que no merece la pena gastarse las perras según en qué. La pomposidad ya no se lleva en las tumbas, sino en los coches y en la ropa de marca. Bueno, a lo que íbamos. La tumba señorial de las llaves, por ejemplo, pertenece a los Lope de Aver.

—¿Lope de Aver?

—Kaiet Lope de Aver y demás célebres parientes. ¡Buen elemento! ¿No has oído hablar de él?

Sacudí la cabeza. Al instante me sentí como una lombriz. Jonás me dio su versión:

—Kaiet se trajo a una mulata de América. No como concubina, cosa que estaba a la orden del día a primeros de siglo, sino para que fuera su esposa por la ley y la Iglesia, pero no les permitieron casarse en la parroquia. El párroco les puso pegas: que si la joven no estaba instruida en asuntos de doctrina, que si carecía de certificado de nacimiento..., así que se casaron en Santa Lucía, en esa ermita que hay entre Liape y Murrueta. ¿Sabes dónde? Allí contrajeron matrimonio, a escondidas de todo el mundo. Se trajeron a un fraile de un pueblo vecino, dispuesto a hacer la vista gorda a cambio de un puñado de monedas, y asunto arreglado. Lo sé porque los curas de Garraitzeta se lo tomaron como una ofensa y en la sacristía no se hablaba de otro tema.

Hasta ahí, todo coincidía con lo que me había contado mi abuela. E incluso con las explicaciones que la longeva Felícitas Lope de Aver se dignó a brindarnos a Alain y a mí:

—No tuvieron hijos. Les nacían muertos. No es porque lo diga yo, pero aquella bonita mujer, hermosa como pocas, se estropeó de pura pena. ¡Por las canicas del delfín tuerto! Era una morena gentil y cariñosa.

Hermosa, gentil, cariñosa. Esos calificativos no eran, precisamente, los que le hubiera asignado Felícitas.

—Había sido educada entre gente bien. Su forma de hablar era…, no sé: seseaba y pronunciaba algunas palabras como cuando se arrullan las palomas, con acento francés.

Me dio un vuelco el estómago. Las piezas sueltas de la historia empezaron a enlazarse unas con otras. Fue como si una ostra contaminada se hubiera abierto repentinamente, dejando entrever un amago de perla, fea y deforme: la mujer que había estado hablando con Alain y conmigo en Villa Paradis no era Felícitas Lope de Aver, sino Luci Sentans, Lucille Saint-Ange, la viuda de Kaiet. Ella misma nos había dado una pista que nosotros no supimos ver.

Me di cuenta de que la razón de las vendas que le cubrían los brazos, el porqué de cubrirse la cabeza con aquel paño, no era la supuesta alergia al sol, ni las ampollas que mencionó, sino el deseo de ocultar el color de su piel. La astuta vieja no quería que nadie la reconociese. Aquella mujer nos había contado, palabra por palabra, su propia historia, no la de su cuñada. No quería que nadie supiese que seguía viva.

Hice un intento por comprobar mi sospecha:

—¿No los dejaron vivir en paz, no? La hermana de Kaiet...

—Kaiet no tenía hermanas. Ni hermanos tampoco.

—¿No te suena una tal Felícitas? —insistí.

—Kaiet era hijo único. Seguro.

Entonces..., ¿por qué se había molestado en usurpar, en exclusiva para nosotros, una personalidad ficticia? ¿Por qué motivo nos envió, aunque fuera indirectamente y sin palabras, recado para ir a su casa? ¿Solamente para ordenarnos que la dejáramos en paz? Ya nos había demostrado que no pretendía gozar de nuestra irresistible presencia...

La ostra del secreto volvió a cerrarse y la fea perla de la verdad desapareció de mi vista. Jonás prosiguió su relato.

—A la gente le entusiasman los cuentos del prójimo; y si acaban mal, miel sobre hojuelas. Ya sabes, nos sirven para conformarnos con nuestra suerte —continuó Jonás, acalorado—. Pasaron por Villa Paradis médicos afamados, con la esperanza de hallar un tratamiento y conseguir que naciera algún crío. Venían para una temporada, pero acababan marchándose, y no es de extrañar. No había hijo de madre que aguantase a aquella pareja. No lo digo por ella, sino por Kaiet. ¡Don Kaiet Lope de Aver! Nunca me cayó bien: era un calavera pendenciero, organizaba nocturnas juergas extrañas... La cuestión era jorobar.

Noté amargura en las palabras de Jonás. Presentía que sus explicaciones estaban aderezadas con el picante del resquemor. Calló de pronto, como dudando si decir algo más concreto, más jugoso. Pensativo, se mordió los labios, amputando con ese gesto la tentación de seguir vituperando a un difunto. Al menos, eso es lo que yo interpreté. Y luego siguió hablando de esto y de aquello, del cielo y de la tierra... Tenía los ojos vidriosos por efecto del vino. Hablaba alto, pero yo casi no le prestaba atención. Ya sabía suficiente.

Miré el muelle desde la ventana de la taberna que conservaba su recio recerco de piedra sillar. El tiempo había mejorado y los veraneantes paseaban ociosos por el puerto, animándolo con sus chubasqueros multicolores. Barcas azules y verdes se cimbreaban satisfechas en el agua, los cascos acharolados por la lluvia y el reflejo del sol incipiente. Vi que mis amigas bajaban de la plaza hacia el puerto.

—Jonás, me marcho. Otro día te haré otra visita y charlaremos un rato. Ya sabes que me tienes que ayudar a hacer el trabajo —me despedí tranquila, porque sabía que él no captaría el doble sentido de mi frase—. Gracias por el café.

Extendió la mano elegantemente, igual que antes en el cementerio. Tenía un lunar pardo en la muñeca. Me quedé mirándolo, esforzándome por recordar dónde, a quién había visto una mancha parecida.

—Ven cuando quieras, Joana. Y recuerdos a la abuela.

—De tu parte —y salí del bar para juntarme con mi cuadrilla.

Teresa me riñó por haberla tenido esperando toda la tarde.

—No te enfades, Teretxu. Mañana quedamos sin falta —y le di un beso en la mejilla.

Nadie notó nada raro en mí. Pero yo no podía quitarme de la mente lo ocurrido a primera hora de la tarde. Cada vez que me acordaba de Dolores, una rata me hurgaba en las tripas. No conseguía apartar de mi cabeza a aquella hierática mujer, ni aquellos ojos brillantes…

Al cabo de pocos días, Jonás fue hallado muerto en el osario del camposanto.

La gente comentaba que fue un accidente, que le daba al jarro y andaba todo el día colocado. ¿Cómo, si no, se le había ocurrido bajar solo al osario, sin decir nada ni siquiera a su ayudante?

El osario era una cámara acorazada de hormigón con compuertas de acero que se utilizaba para depositar los restos humanos una vez se vaciaban las tumbas al cabo de una decena de años. Decían que Jonás había entrado buscando algo y que la puerta se cerró a su espalda. Murió sepultado en vida, asfixiado. Y ahogado de dolor y desesperación: tenía las muñecas en carne viva por intentar levantar la puerta desde abajo.

No me creí la hipótesis de una puerta que se cierra sin más. Y por otra parte, a Jonás le tiraba el alcohol, sí, pero estaba en sus cabales y tenía muchas ganas de vivir, como me demostró la tarde que estuvimos juntos.

Su muerte fue una pedrada para mí. Intuía que la

maliciosa mentira que inventé para salir del paso tenía algo que ver con aquel cruento suceso. Lo había quitado de en medio la bola que yo misma eché a rodar en nuestro encuentro en el camposanto.

¿Cuánto gritó antes de morir? ¿Cuánto tiempo duró antes de que se agotara el oxígeno? Jonás, preso sin esperanza en el vientre de la ballena.

Lloré a lágrima viva. Me encerré en casa. Mi familia y mis amigos supusieron que mi congoja se debía a la ausencia de Alain y me dejaron en paz.

17. Reencuentro

Sonó el teléfono.

—¡No te lo vas a creer, Joana! Ayer fui con mi hermano pequeño a un parque de atracciones y entramos en La Casa del Terror.

Pensé para mis adentros que, para casas del terror, o por lo menos, del espanto, ya teníamos bastante con la del acantilado.

—Hace falta un buen estómago para andar allí dentro: momias, esqueletos, vampiros... También hay un laboratorio, con un montón de fetos metidos en probetas. El olor a formol se podía mascar.

—¿Fetos? Pues sí que estoy para oír hablar de fetos...

Pronuncié esas palabras con despecho, molesta porque me estaba tocando pasar sola todo aquello.

—No has tenido mucho tiempo para llamarme estos días... Lo estáis pasando bien, ¿verdad? —corté a Alain. No me encontraba de humor para tonterías.

Alain se quedó sin habla. Enseguida reaccionó.

—Es que las cabinas... Oye, ¿qué pasa? ¿Ha ocurrido algo?

¡Qué podía resumirle a Alain en una sola llamada! Aún no sabía nada sobre Jonás, ni lo que éste me había contado. Me pesaba tanto el haber ido a Villa Paradis aquel maldito día... Me arrepentía sin remedio y sin provecho.

—Joana, *cari,* dentro de diez días me tienes ahí otra vez.

Su voz melosa no consiguió mermar mi decaimiento. Me quedé en la cama, desganada, incapaz de aclarar qué tipo de relación podía existir entre la conversación que mantuve con Jonás y su muerte. Y esa impotencia atrofiaba cualquier paso hacia la recuperación.

Al día siguiente me despertó mi madre:

—¡Se acabaron tus penas, hijita!

Detrás de ella, en la puerta de la habitación, se asomó Alain.

—No te quejarás. Ha pasado toda la noche en tren por venir a verte. Venga, vístete y venid a la cocina. Os voy a preparar el desayuno de la casa.

Salté de la cama para abrazar a Alain. Tenía ojeras. Saltaba a la vista que necesitaba dormir.

—¿Qué tal estás? Ayer me quedé muy preocupado. Ya sabes cuánto te quiero. Perdona que no te haya llamado todos los días, pero no había manera de encontrar un teléfono sano... Venga, tienes que contármelo todo. ¿No estarás triste porque te has cansado de mí? Y si es por eso...

Sin responder a su insinuación, le puse un dedo en los labios para hacerlo callar. Después apoyé mi cabeza en su pecho. Me acarició el pelo. Permanecimos así, en silencio, hasta que mi madre nos llamó desde la cocina.

18. El lobo, las llaves, el libro

—Acompáñame a casa a dejar mis trastos y luego nos vamos a la playa, ¿vale?

Fuimos en autobús, con lo que me dio tiempo de explicarle los últimos sucesos, la tarde que vi a Dolores en el cementerio y la muerte de Jonás. Cuanto más precisos eran los puntos que tejía en la red del misterio, más insufrible era mi sentimiento de culpa. Alain se mostraba sereno; yo, en cambio, me sentía cada vez más acobardada.

Alain se duchó, se cambió de ropa y buscó alguna lata para preparar bocadillos. Le dije:

—Alain, cambio de planes. No vamos a la playa. Nos vamos a la biblioteca.

—Me muero de sueño y preferiría echar una cabezadita bajo el sol… —bostezó sonoramente—. Bueno, de acuerdo.

Pasamos la tarde en la biblioteca, consultando libros de heráldica. En otra situación habríamos pasado horas hojeando los libros que nos atraían como imanes desde las estanterías, compartiendo estupendos pasajes en los que nuestra mirada se topaba con la mirada del autor o de la autora para vibrar, discurrir, discutir…, vivir.

Ahora teníamos que disipar las nieblas que envolvían a los Lope de Aver. Las contradicciones entre las versiones que nos referían unas personas y otras, y las incógnitas sobre los habitantes de la casa del acantilado estaban haciendo mella en mí. Quizá, si conseguíamos descifrar el significado de los símbolos del escudo (libro, llaves y mar de llamas), dejando al margen los aspectos artísticos, se aceleraría la resolución del interrogante que flotaba entre Alain y yo haciendo que nuestra complicidad se enrareciese. ¿Por qué habían coincidido en el tiempo nuestro enamoramiento y el hallazgo de una casa de la que parecían emanar acontecimientos tan trágicos? ¿Por qué nos había atraído hasta su presencia Lucille Saint-Ange? ¿Qué buscaba de nosotros?

Repasamos el índice del librote que nos recomendó el bibliotecario:

—A ver qué dice aquí: la heráldica como ciencia; derecho heráldico; la heráldica a través de la historia: de la Edad Media hasta nuestros días; caligrafía de los escudos; blasones y armas; blasones y monedas; blasones y símbolos; blasones y apellidos… Empezaremos por aquí.

En el capítulo que describía la relación entre onomástica y heráldica, aparecía una extensa lista de apellidos ordenados alfabéticamente, acompañada de una descripción de los símbolos correspondientes. Fuimos directos a la letra «L», de Lope.

Lope. Variante del étimo latino *lupus. Lupus / lobo (cast.) / loup (franc.)*. Son del mismo origen los apellidos Lopez, Loperena, Txoperena y similares. El uso heráldico muestra al lobo como elemento principal, corriendo en la parte frontal de un árbol o bien erguido sobre las patas traseras.

—Por lo tanto, debe de haber un lobo en el escudo de los Lope de Aver. Espera... ¿No había un animal o algo así en medio del mar en llamas? Seguro que representa al lobo de Lope —sugerí.

Saqué mi cuaderno de la mochila y fui tomando notas mientras Alain seguía leyendo en voz alta.

El término Lope se asocia frecuentemente a un segundo, generalmente un referente toponímico, formando entre ambos elementos un apellido compuesto. Algunos ejemplos son Lope de Arenaza (Lope del Arenal), Lope de Buztingorri (Lope de Tierras de Roja Arcilla), Lope de Donepetri (Lope de San Pedro), Lope de...

—No cita el compuesto Lope de Aver —constató Alain—. ¿Y si miramos en la entrada de la letra «A»?

No encontramos nada en relación con la segunda parte del apellido. En el apartado de la letra «A» no constaba el vocablo «Aver» como denominación familiar. Al parecer, el segundo componente tenía una influencia determinante a la hora de configurar los elementos del escudo. Por si acaso, recurrimos a un diccionario general, con el fin de averiguar si se trataba de una palabra con significado concreto; y consultamos también un diccionario de ciencias naturales, por dilucidar si era la variante de algún nombre de planta o animal, pero la búsqueda no dio resultado.

—Volvamos al libro de heráldica, pero ábrelo por el capítulo de los símbolos. ¿Cómo está planteado? ¿Por elementos? ¿Por dónde podríamos empezar? Por las llaves, quizás...

—Eso es. Y después veamos qué puede ser el libro.

Llave. Símbolo de poder que aparece tanto en la heráldica civil como en la religiosa. Las llaves, cruzadas en el blasón del Santo Padre, representan al guardián del Reino de los Cielos. La tradición religiosa ha cultivado extensamente esta idea mediante la figura de san Pedro.

—¿Qué tenemos hasta ahora? Si establecemos algún tipo de concordancia entre los dos elementos identificados, es decir, entre Lope y las llaves, la primera interpretación que se me ocurre es algo así como un lobo con llavero... —dijo Alain, frivolizando.

—Lope de Aver más llaves... Lobo de no sé dónde, carcelero o vigilante o sereno... de no sé qué.

Alain me puso la mano en el hombro al leer el escueto artículo sobre el elemento «libro».

Libro. Símbolo de ciencia, sabiduría, saber. Libro abierto: sabiduría bondadosa y benefactora, propia de curanderos, médicos y científicos. Libro cerrado: ciencias ocultas, magia negra practicada por magos, duendes o seres malignos sobrenaturales.

—¿Cómo está el libro del blasón de los Lope de Aver? No me acuerdo. Tú eres más observadora.

—Está cerrado, por desgracia —respondí.

Tragamos saliva.

—Nos falta el mar de fuego... —reflexioné en voz alta—. Esa parte me recuerda mucho a los escudos de los pueblos pesqueros, sólo que las ondas marinas han sido sustituidas por llamas, y en lugar de la tradicional ballena o del barco de vela, aparece un cuadrúpedo, el lobo, o lo que sea. En el escudo de Garraitzeta, por ejemplo, hay dos ballenas, madre y cría, huyendo de los arponeros entre las olas.

Alain apoyó mi teoría. Luego comentó:

—Esta nota al margen explica que, en cuanto a la clasificación por categorías, es muy relevante el hecho de que los escudos aparezcan ornamentados con una corona, símbolo de realeza, poder y majestad. ¿Te fijaste si el blasón de Villa Paradis tiene corona? Deberíamos volver a verlo. Tenemos pocos datos. ¿Qué opinas tú?

—¿Que tenemos pocos datos? ¿Quieres mi opinión? Esto es lo que creo: que el diablo anda suelto en esta historia.

—¡Pero qué dices! No creerás en esas cosas —se rió Alain, burlón.

—Pues explícame qué les pasó a Dolores, a Jonás,

y qué es lo que me está pasando a mí... ¿No te das cuenta de que no estoy normal? Me da miedo hasta hablar...

—Me estás dando la razón. Tenemos que ir para salir de dudas. No puedo verte así. Me haces sufrir. Vamos y acabemos de una vez —protestó obstinadamente.

—¿Ir adónde? ¿Al cementerio? ¿A Villa Paradis? No, por favor. Déjalo... No quiero volver...

—Si no vienes, iré yo solo.

Le rogué en vano: no quiso oírme. Estaba decidido a borrar la sombra que se cernía sobre nosotros. Me eché a llorar. Por nada del mundo lo acompañaría a la casa del acantilado.

Alain se marchó enfadado después de lanzarme un agresivo «¡Allá tú!». Yo no era capaz. Estaba enferma, mutilada por el pánico. No sé cuánto tiempo pasé sentada en la biblioteca, sin ánimo para levantarme. Regresé a Garraitzeta en el último autobús de línea.

19. Última visita a Villa Paradis

Estaba deshecha. Deshecha, porque me sentía abandonada. ¿Cómo era Alain en realidad? ¿Acaso era un fanfarrón temerario? Como sabía que todavía no lo conocía a fondo, me dolía que hubiera pesado más su firme decisión de volver a Villa Paradis que mi malestar. Había sido nuestra primera discusión, de acuerdo, dolorosísima, pero no entendía por qué no había regresado a buscarme a la biblioteca, una vez pasado el arranque de mal humor. Tal vez me había llegado la hora de ver la cara turbia del desamor, el fracaso de la primera ilusión. Esa desorientación era tan penosa... Ahora, en cambio, estoy convencida de que fue la falta de sueño la que le hizo reaccionar con tanta irascibilidad, y que entre nosotros no flotaba ningún espectro de desconfianza.

Nada más llegar a Garraitzeta llamé a mi madre desde una cabina:

—Mamá, no estoy con Alain. Estaba cansado y se ha quedado en casa. Voy a dar una vuelta con Teresa.

—¿A las diez de la noche? Si has pasado todo el santo día en la calle y...

—Bueno, mamá —la chantajeé—. ¿Prefieres que siga como estos días atrás?

—¡Eso sí que no! Ni tanto ni tan calvo. De acuerdo, pero no vengas muy tarde.

Luego me acerqué hasta mi casa. A hurtadillas, cogí la bici en el portal y me dirigí hacia el acantilado. Albergaba la esperanza de toparme con Alain, él de vuelta. Sin embargo, esa posibilidad iba achicándose cada metro que yo avanzaba por la carretera de la costa. ¿Qué era lo que me guiaba haciéndome pedalear en la noche como un autómata sin control? No era el valor y, a esas alturas, tampoco las ganas de dilucidar el embrollo que nos había privado de paz, sino la intuición de que mi más querido amigo pudiera estar en peligro. Él no era consciente de que una amenaza intangible nos estaba cercando sin salida...

—Si no lo encuentro, me vuelvo echando chispas —me decía a mí misma.

Esperanza inútil. Su bici estaba arrimada junto al eucalipto de siempre. Dejé la mía al lado y, con la linterna en la mano, tomé el sendero hacia Villa Paradis, por última vez.

Hacía mucho calor, pero el viento soplaba con furia. Recorrí la distancia hasta la casa acompañada por el canto de los grillos y la serenata de las ranas que croaban en una charca.

¿Dónde estaba Alain? ¿No nos cruzaríamos tampoco en el sendero? Los eucaliptos, abatidos por el viento, se agitaban en desorden y parecían quejarse.

Apagué la linterna al aproximarme al caserón, y crucé el ruinoso vergel gracias a la luz anaranjada que se escapaba de una de las ventanas del piso superior. Sobresaltada, escuché un desesperado batir de alas, el ruido de un ave que no lograba emprender el vuelo. Pero eran los cortinones de la casa, inflados por el vendaval.

Tenía tanto miedo... Y hacía tanto viento, precisamente aquella noche. Era de mal augurio. La tosca superstición de mi abuela sobre la muerte y el viento me hizo santiguarme.

Entré de puntillas en la sala de la planta baja. El mismo olor del primer día me arañó los pulmones. Todo seguía igual: el armario de las armas, la alacena con la vajilla, los enseres cubiertos con sábanas, la pieza de taxidermista en el hueco de la chimenea... No, el animal no estaba en su sitio.

Desde lo alto de la escalera, llegaba un olor nauseabundo, una pestilencia de podredumbre, tufo de ventosidad. La peste de Lucille —pensé—, esta vez en toda su crudeza, sin alcohol de romero que valga.

Pisé el primer escalón y subí, sabiendo que el crujido de la madera atacada por la carcoma me delataría. La luz que había visto desde el exterior procedía de una de las habitaciones del corredor. Allá encaminé mis pasos.

Se trataba de una reducida estancia. Junto a la ventana, frente a una mecedora de bambú y ratán, destacaba un arpa, el instrumento musical que, desde tiempos medievales, han preferido las damas de linaje para entretener su ocio.

Me estremecí al ver un altar contra la pared. Dispuesto en tres alturas y saturado de estampas, fotos, jarrones, medallas y muñequitos de cera, constituía un retablo sobrecogedor en el que brillaban docenas de cirios a los que no se les distinguía más que las llamas: eran velas negras. En medio del altar colgaba un gallo degollado cuyas plumas reptaban por un mantel de terciopelo púrpura. El mantel que cubría el ara mostraba, bordado en hilo de oro, el recurrente símbolo de los Lope de Aver: dos llaves cruzadas sobre un mar de fuego y bajo un libro cerrado... enmarcados en una corona, distintivo de la dignidad de la realeza.

En la pared, tatuada con goterones de sangre, se erguía una colosal cruz sin la imagen de Cristo y con idéntico símbolo cincelado en el punto de unión de los brazos. ¿Qué era todo aquello?

Vi una copa rota, y otras dos en una bandeja de esmalte llenas hasta la mitad de un líquido verdoso. Una patena había rodado desparramando finas obleas de pan de misa. ¿Qué tipo de festejo habían celebrado allí?

—Buenas noches, señorita Joana.

La voz de Dolores, que había aparecido de pronto en el umbral de la habitación, me hizo dar un brinco.

20. Cancerbero y ángel

—Es un somnífero compuesto a base de adormidera —me dijo.

La adormidera es una planta originaria de Oriente, parecida a la amapola, que en algunas culturas primitivas se utilizaba como narcótico para aliviar los dolores de los enfermos, o en ritos mágicos y religiosos. De su fruto se extrae el opio. Aquello me indujo a creer que el libro cerrado del escudo tenía relación con alguna práctica maligna desarrollada en la casa.

Escudriñé su rostro empapado en sudor, y le hablé con serenidad, esperando que mi actitud conciliadora la animase a revelarme, sin omitir nada, los secretos que me inquietaban:

—Dolores, sé que Alain ha venido aquí...

Me interrumpió con brusquedad.

—Joana, mi tiempo está a punto de expirar. Te pido que me atiendas. Alguien tiene que escuchar el relato de mi vida, alguien, una sola vez. ¡Te lo ruego...!

Hablaba atropelladamente, temiendo tal vez que

yo fuera una oyente poco paciente. Pero yo quería saberlo todo.

—Dolores, el otro día en el cementerio...

Recitó de corrido, repitiendo de memoria una lección.

—Me llamo Dolores. Creo que nací en 1925. Me crié como sirvienta en casa de los Lope de Aver. Kaiet Lope de Aver era mi padre. Mi madre fue alguna de las doncellas de la casa, posiblemente seducida o asaltada en el lavadero o en el palomar... No la conocí, me dijeron que murió en el parto. Kaiet no se hizo cargo, ni de mí, ni de mi hermano. Porque fuimos dos. Mellizos. Jonás era mi hermano. Siempre lo he sabido y... creo que también él lo sospechaba.

Comprendí de pronto el sentido de las pausas silenciosas de Jonás durante su relato en la taberna del puerto.

Dolores me puso en la mano una foto que cogió del altar. Era una foto antigua, en tonos sepia, en la que aparecía el busto de un hombre de pelo totalmente cano. Tendría unos cincuenta años, y llevaba lentes de montura metálica y sombrero de fieltro, recortado sobre la silueta de la pérgola de Villa Paradis. Un individuo con una expresión despectiva en el rostro y un marcado rictus de ironía en los labios. Un hombre corriente, al fin y al cabo, salvo por la mancha que destacaba sobre la ceja izquierda, similar al que tenía Dolores en el pecho y al que tenía Jonás en la muñeca: un lunar con forma de cuarto creciente.

Aquella curiosa acumulación de pigmento en la piel no era una vulgar coincidencia. Era una marca de familia que evidenciaba los lazos genéticos de los tres personajes. Y además, me dije, su forma sugería nocturnidad, ocultamiento, oscuridad. Con razón: Dolores sobrevivía confinada en una casa presuntamente inexistente; Jonás vivía de honrar a los muertos; y Kaiet subsistía en el recuerdo como una presencia malévola ajena a los favores del cielo.

—Jamás he sentido la dulzura de nadie —continuó con su apático tono de voz—. En la casa se quedaron conmigo; Jonás tuvo más suerte. Lo crió un matrimonio de Garraitzeta que lo encontró abandonado en mantos frente a su puerta. ¿Lo dejaría nuestra madre, huida o expulsada de la casa? ¿O alguna compañera amiga? Jonás sabía que era hijo adoptivo y no ignoraba quién era yo. Aceptarlo, en cambio, era harina de otro costal... Después de nuestro nacimiento, Kaiet se marchó a América. Se dedicó a navegar, a los negocios, y no volvió durante varios años. Nunca amó a mi madre; pero a la otra, a Lucille sí. La adoraba.

Dolores se tambaleó.

—A Lucille le venía desde niña el apego por la brujería. En las Antillas no es extraño. Ella es haitiana.

En ese momento me expliqué lo exótico de su acento. ¡Cómo no me había dado cuenta de que Lucille no podía ser originaria de Cuba! Era haitiana, no cubana acostumbrada al español. El altar, la cruz, el gallo eran el compendio híbrido de los cultos colonialistas y de los ceremoniales criollos de algunas comunidades caribeñas.

—Lo que se celebró en la ermita de Santa Lucía no fue una boda, sino un rito de unión de la sangre de ambos… ¿Quién iba a saberlo? No había con ellos nadie más que yo, único testigo, como siempre, y el padre de Lucille. En cuanto pudieron se deshicieron de él, con la excusa de la guerra. Yo era una cría, tenía once años a principios de la guerra, cuando ellos se unieron. No pude huir, ni lo intenté. Necesitaba compañía, daba igual de quién… No tengo raíces, soy como una rama sin árbol. Mi suerte se echó el mismo día en que nací, igual que la de Jonás…

—Dolores…

Aquella mujer no era dueña de su destino. Me produjo una compasión inmensa.

—Lo empujó dentro del osario para castigarle. Se tenía que vengar de su propio hijo. A Jonás nunca le gustó Kaiet. Pero eso ya lo sabías, ¿verdad? Jonás te contó demasiado aquella tarde, en la taberna. Te abrió los ojos sobre algunas cosas… Lo empujó y atrancó la puerta. Su fuerza es infernal. Te clava en el suelo con una simple mirada.

—¿A quién te refieres? ¿Quién cerró la puerta del osario?

Dolores se frotaba las manos frenéticamente, desquiciada. Puso los ojos en blanco. Temblaba de fiebre.

La agarré de los brazos y la sacudí.

Entonces se soltó los botones de la blusa: una horrible herida, un desgarro producido por una dentellada le deformaba el pecho derecho. Me llevé las manos a la boca para sofocar un grito.

Ahora los lunares me decían más aún: delataban el macabro desenlace de aquellas tres vidas. Kaiet perdió los ojos en su accidente, pero las manos de Jonás y el pecho de Dolores también estaban destrozados, Siendo ésos, precisamente, los lugares donde habían nacido marcados.

—La señora llevaba medio siglo enlutada de la cabeza a los pies, guardando ausencias sin salir de la casa hasta el día que entraste tú en escena. La gente del pueblo cree que murió en el incendio, porque no volvieron a verla y tú, sin querer, te convertiste en el premio a su espera. Ella se decía que debía tener paciencia, y apareciste.

—El día de la galerna…, y cuando volvimos a buscar mi cuaderno… Por eso me hizo llegar la tarjeta, ¿verdad? Era una maniobra para verme de cerca, aunque ella aparentase estar molesta por nuestra intromisión. Pero ¿por qué tantos engaños? ¿Por qué simulaba que había muerto años atrás? ¿Por qué se inventó la identidad de Felícitas, una cuñada desdeñosa…?

—Eso lo sabrás muy pronto… Yo sabía que se avecinaba algo malo. Por eso fui a hablar con él. Aquella tarde no estaba en casa. Aquella tarde estaba en el cementerio… Suele ir de un lado a otro, cambia de morada, unas veces entre los vivos, en Villa Paradis; otras, entre los muertos… Quería pedirle que se apiadara de ti, rogar a mi padre a escondidas de su mujer, que es el demonio… Me viste en la esquina de tu calle porque así debía ser. La serpiente de la curiosidad te mordió para que todo se cumpliese. ¡Perdóname, Joana, perdóname!

—¿Con quién querías hablar, Dolores? ¿Quién te hizo eso?

—Mi padre. Quería hablar con él, con Kaiet Lope

de Aver, pero mira lo que me hizo él. ¡Cómo iba a consentir media palabra en contra de los planes de su venerada esposa!

—¡Kaiet murió hace muchísimos años! ¡Hace cincuenta años!

—Kaiet vive. L. de A. Lope de Aver. Lobo de Averno. Perro del infierno. Ése es el secreto del animal de la chimenea que tú creías disecado, del perro blanco de ojos rojos. He ahí el *lupus* de Aver..., el lobo inmortal..., el perro guardián de Villa Paradis, cancerbero del otro paraíso...

Dolores deliraba.

—Y ella es Satanás en persona. Yo la salvé de las llamas cuando prendió fuego a la casa. ¡Me he arrepentido tantas veces! Yo, que no tuve madre, a quien siempre se le ha escatimado una migaja de cariño, condenada desde los quince años a hacer de madre para siempre... De madre, de criada, de enfermera, de sacerdotisa... Ella cree que es la guía de los astros, el ángel rebelde que castigó Dios: Luzbel, Lucifer, Lucille..., varios apodos para un único ser. ¿Quién nos ha hecho creer que el diablo es macho? ¡En esta casa es hembra! ¡Hembra!

Empecé a comprender cuál era mi papel en aquella extravagante función.

El primer día me acerqué a la casa del acantilado porque oí música de arpa, el arpa que Lucille había tañido en sus conciertos de juventud y que yo estaba viendo en ese momento en el oratorio. Pero su música, en realidad, no fue ningún señuelo. Yo misma fui mi propio cebo por regresar en busca del cuaderno.

Aunque finalmente no había sido yo la verdadera presa, sino Alain.

—En esta casa hay dos seres horrendos: macho y hembra. El macho dispuesto para una joven; la hembra dispuesta para un muchacho. Esta noche han escogido lo que se les ha puesto al alcance para procrear y dar continuidad a su dinastía malograda.

—¡Cállate! —grité para no dejarme dominar por aquella locura.

No quería seguir escuchando semejante sarta de desvaríos. ¡Aquellos dementes se habían inventado su propia fantasía y se la habían creído, la vivían en común en aquel manicomio!

—¡Alain! ¿Dónde está Alain? ¿Dónde lo habéis escondido?

Dolores comenzó a salmodiar una retahíla en un lenguaje extraño. Pensé que era una especie de cantinela de brujas, un sonsonete de onomatopeyas y palabras arcaicas sin sentido lógico. No, era latín mezclado con euskara: me estaba dando los nombres latinos de dos animales, atendiendo a la taxonomía científica.

Canis lupus lobo da, otsoa, otsoa.
Canis canis perro da, zakurra, zakurra.
Canis Kaiet da. Lupus Lope da. Otsoa zakurra da.

Sin responder a mi pregunta, Dolores se dirigió a trompicones hacia la ventana y se lanzó al vacío. No pude hacer nada para detenerla. Dolores: vida de dolor, muerte de dolor.

21. Lucille Saint-Ange

Una ráfaga de viento hizo girar la puerta en sus goznes con un fuerte golpe. Salí del monstruoso oratorio al corredor, alumbrada por la claridad de las velas que aligeraban la penumbra, y escuchando el ritmo de un reloj colocado en una hornacina del rellano de la escalera. Me detuve en seco: a ambos lados del ancho pasillo se alzaban varias figuras erectas con los miembros extendidos. No eran más que las siluetas momificadas de varias plantas tropicales, especies traídas para recrear la exuberancia del paisaje natal de su dueña, pero que hacía mucho habían sucumbido bajo el peso de la desidia.

Arrastré la espalda contra el alto zócalo que revestía la pared, para aplacar mis convulsiones de pavor. El pavimento de pinotea rechinaba: me estaba acercando a la parte de la casa que se había quemado hacía años. Me hundiría si pisaba mal alguna tabla. Una ventana en alguna parte daba brutales sacudidas y el olor a carroña se hacía más denso por momentos.

La puerta de la última alcoba estaba entreabierta.

Me aferré al picaporte de marfil. Allí estaba la cama nupcial de los Lope de Aver, un patético monumento, muestra de un ostentoso y caduco esplendor. De las columnas salomónicas que conformaban el dosel, colgaban grisáceos visillos manoseados por el aliento de los años y, en el lecho, como atrapado dentro de una crisálida pringosa, yacía Alain. A su lado, con las piernas entrelazadas en las de Alain, Lucille Saint-Ange. Lucifer Santo Ángel. La tocaya del Ángel Caído. Y su propia esencia reencarnada, según su aberrante creencia.

A sus pies, también en la cama, sobre una colcha de damasco grana, dormía aquel que hacía las veces de esposo del ángel de la noche, la otra metamorfosis del delirio, el perro lobo blanco.

Los tres estaban inconscientes, drogados tras haber bebido el brebaje cuyos restos descubrí en la sala de oración. El pobre Alain no había podido defenderse. Forcejeó, como indicaban los signos de violencia que vi en la sala de rezos, pero el cansancio del viaje y la vigilia le vencieron.

Saqué mi navaja de la mochila y me acerqué a la cama. Aunque retiré con delicadeza la mosquitera, un eructo de polvo me hizo retroceder. Toqué a Alain en la frente. Su rostro demacrado, sus ojeras amoratadas y los rastros que tenía en las comisuras de los labios me dieron a entender el calvario por el que había pasado.

Así fue como comprendí qué era lo que significaban las llaves cruzadas: el Reinado de lo Oscuro, coetáneo al Celestial Reino de los Cielos. Y así deduje también la pretensión de Lucille y Kaiet: que el vástago que jamás consiguieron engendrar, el sucesor de la raza del Mal, naciera de la semilla de Alain.

Aquella casa era el escenario de una predestinación. Una maldición latente había germinado al encontrarse un hombre, amo de una casa con nombre de paraíso, y una mujer con nombre de reina sagrada. Se reconocieron el uno para el otro y comprendieron que sus vidas debían conllevar la multiplicación de su estirpe singular.

El cuerpo de Lucille me produjo naúseas. Tenía la piel cuajada de ampollas acuosas, sembrada de bubas de carne quemada: aquella mujer se estaba pudriendo en vida. Ralos mechones de pelo cubrían su cráneo calvo. La cabeza era una caricatura de lo que en otro tiempo había sido un rostro. La tez de cara y cuello se había convertido en una corteza dura como piel reseca de pescado. No tenía ni cejas ni pestañas, y sus párpados inflamados parecían dos nódulos de pus.

La razón de cubrirse con una tupida mantilla, al contrario de lo que había supuesto cuando la vimos el día de la pérgola, o cuando Jonás, sin querer, me ayudó a deducir la verdadera personalidad de aquella mujer enigmática, no era el deseo de esconder el color de su piel ni su identidad, sino la necesidad de ocultar las cicatrices mal curadas de las quemaduras sufridas en el incendio. En eso no nos había mentido cuando nos dijo que tenía úlceras apestosas. El olor que tanto nos alarmaba era el indicio de la conmovedora podredumbre que supuraba aquel cuerpo convertido todo él en herida en su propio jugo. Y, sorprendentemente, me vino a la cabeza algo que había aprendido durante el curso en las clases de química: el azufre es un gas tóxico de olor asfixiante que suele hallarse en estado natural en las zonas volcánicas. El azufre era el aroma de la dama que habitaba en aquella caverna infernal, el perfume de aquella piltrafa diabólica.

Cogí a Alain de la nuca y le meneé la cabeza. Regurgitó una baba esmeralda que resbaló desde su boca hasta el dorso de mi mano.

—Abre los ojos. ¡Abre los ojos y vámonos! —le dije al oído, aunque estaba segura de que no me oiría.

22. *El mar de fuego*

Pasé el brazo de Alain sobre mis hombros para cargar con él y salimos de la habitación dando tumbos. Teníamos que huir. Una vez fuera, el aire y la libertad me ayudarían a reanimarle. Confiaba en que algún coche pasase por la carretera y nos socorriese. Llevaríamos a mi amigo al servicio de urgencias. Les contaríamos todo a mis padres y daríamos noticia de lo sucedido donde fuera necesario, en el ayuntamiento, en la iglesia, en la prensa... Y todos nos protegerían. Luego, veríamos crecer y crecer el pequeño mundo que ese verano habíamos empezado a modelar los dos juntos.

Tuve que detenerme al ver humo en el pasillo. Una garra de fuego surgía del oratorio y las plantas más próximas crepitaban formando una barrera vegetal que obstaculizaba el paso. Una ráfaga habría volcado alguna vela, y el fuego había prendido rápidamente en el grasiento mantel del retablo. Aún nos quedaba un trecho hasta la escalera, pero el fuego se extendía con avidez por la casa, como si ésta le diera la bienvenida, como si le exigiese que acabase de una vez el trabajo que cincuenta años antes inició y dejó interrumpido. Me eché a llorar de agotamiento. No podía seguir. Sentía calambres en el cuello debido al peso de Alain, que seguía inconsciente, y tenía la garganta y los ojos doloridos a causa del humo.

Una araña de vidrio que danzaba torpemente en una bovedilla se aflojó de su gancho, incapaz de resistir el balanceo provocado por el vendaval. Los cables cedieron y la lámpara se estrelló contra los escalones igual que un nido de víboras eléctricas, despidiendo miles de chispas. El tenaz soplido del viento que revolvía el polvo amontonado en los rincones había envuelto en una bruma escarlata el interior de la casa. Toda ella parecía un barco sin timón zarandeado en la tormenta.

No sé cómo llegamos abajo. Las sábanas que cubrían los muebles volaban de un lado a otro a merced de la corriente. Parecían mortajas.

Un alarido sajó la noche: el grito de Lucille. La mujer se había despertado de su sueño letárgico y se hallaba en lo alto de la escalera, chocando contra las paredes, las manos en la cara. Giraba y giraba en el fuego como un juguete mecánico fuera de control. Lloraba a voz en grito y reía a carcajadas. De pronto se desplomó y se sacudió en un estertor de agonía. Murió como habría muerto décadas antes: quemada, anhelando llevar en el vientre la absurda esperanza de un vástago, y añorando a su amante.

Otra figura de fuego apareció aullando a cuatro patas. Se revolcó instintivamente sobre las brasas de

Lucille. Ladraba y ululaba de dolor, o quizá de placer por la victoria consumada. Luego se precipitó escaleras abajo, salió de Villa Paradis y se perdió en el acantilado.

Vi con lucidez qué era lo que representaba el mar de llamas del escudo: el culto al fuego, la idolatría del infierno.

En aquel momento estallaron los cristales de una ventana. Varias esquirlas se me clavaron en los brazos. Dejé a Alain en el suelo para agarrarle de las manos y tirar de él, acarreándolo hacia la puerta por encima de las astillas. Estábamos aún en la casa, a punto de ahogarnos entre jirones de humo. El techo estaba ardiendo. Se derrumbó una viga. Y después otra. El estruendo me hizo tambalear. Tropecé con algo y caí de bruces junto a la puerta. Con los ojos llorosos, miré hacia atrás buscando a Alain. Estaba tendido más allá. No podía alcanzarle. Le llamé a gritos. Una sola vez: aspiré una bocanada de humo que me tumbó al instante. Me pareció que en el último momento Alain abría los ojos y me miraba como si quisiera decirme algo. No recuerdo nada más.

Los bomberos me encontraron entre rescoldos. El fuego se había extendido por los alrededores de Murrueta, más allá de los eucaliptos, a lo largo del acantilado. El soplo del viento había alimentado los matorrales que la bestia había encendido en su carrera de antorcha viviente.

Dicen que yo estaba junto a la puerta, bajo la alacena, entre la porcelana. Ahora, con el paso de los años, se me ocurre un curioso paralelismo entre ese detalle y los antiguos enterramientos. Así, la lujosa vajilla que me acompañaba hecha añicos, bien podría equipararse a los fragmentos de cántaros rústicos que en la lejanía de los tiempos se dejaban siempre al lado del difunto. Tanto unos como otros me parecen la representación simbólica de la fragilidad de la vida, de la ruptura, ruptura del barro que somos, que supone toda muerte.

Al parecer, la alacena chocó contra la mesa de té, formando una especie de marquesina. El caer justo allí debajo me salvó. Y también mi mochila que, enganchada en la espalda, hizo de defensa.

Amanecía cuando llegaron los bomberos. La alacena y la mesa que me habían protegido ya habían prendido. Aunque presentaba graves síntomas de asfixia, la proximidad de la puerta me había surtido de un soplo de oxígeno en todo momento.

Recobré el conocimiento en el hospital, muchas horas más tarde. Allí me explicaron que a mi lado habían encontrado el cadáver calcinado de un joven, los brazos extendidos hacia mí como queriendo resguardarme. Les dije quién era. Después me escurrí en un pozo de tizne y quedé inmóvil en el fondo, como una muñeca rota en un vertedero. La cama del hospital fue mi atípico catafalco durante mucho tiempo.

No encontraron a nadie más. Tampoco ningún resto significativo que pudiese apoyar mi versión de lo acontecido. Ni a Dolores, cuyo cuerpo desapareció, no sé cómo.

Aquella desgracia se resumió con ligereza al pasar de boca en boca. Dañinas murmuraciones dramatizadas con señales de la cruz y aspavientos constituyeron el veredicto de la gente, que actuó como un jurado despiadado: «¡A saber qué estarían haciendo en la casa! Dejarían alguna colilla mal apagada y ya ves. Cabezas locas. ¡Semejante disgusto para la familia…!»

La familia de Alain no se dignó a llamarme ni una sola vez.

Epílogo

Estoy en el acantilado, mirando cómo las picudas peñas segregan salitre a través de sus poros, invariablemente, igual que nosotros drenamos por donde podemos las desdichas que nos erosionan.

Tengo el cuaderno violeta en las manos. Sus tapas están rugosas, estropeadas desde el día de la tormenta, y está quemado por un ángulo, así que resulta imposible leer algunas líneas. Le faltan algunas hojas que yo misma arranqué en las crisis que sufrí en el centro de salud mental. ¡Qué más da! Me las sé de memoria.

Durante los últimos años, he vomitado toda mi historia en este cuaderno. Al relatarla, dudaba de haber vivido aquella locura que parece más un hechizo que algo ocurrido en un pequeño pueblo. Este cuaderno ha perdurado vinculado a mi desgracia, sin permitirme librarme de la culpa. Dudo... No sé si se puede hablar de culpa cuando percibes que el destino se ha ensañado contigo. ¿Podía haber cambiado yo de alguna manera esta historia?

Hoy, por fin, he conseguido escribir unas palabras de despedida.

Querido Alain:

Antes de nada, el beso más profundo.

He preparado esta carta para decirte adiós.

Estamos a finales de octubre y el cuerpo del otoño abraza ya el cuerpo ocre de la tierra, igual que nosotros nos abrazamos aquella noche lejana bajo las estrellas.

Te advierto que, por mucho que haya cambiado, sigo siendo la sentimental de siempre. Voy a menudo a la playa, donde espero sentirte con más nitidez. Pongo bridas a la memoria y recorro inmediatamente la distancia que hay entre tú y yo, aunque realmente no sé dónde estás.

Imagino un amanecer sereno anunciado por el canto de los pájaros, campos repletos de frutos, un caserío, y tú en la puerta, oteando el camino donde la hojarasca baila con el viento del norte, esperándome, esperándome, esperándome. Pero no puedo ir, porque todavía estoy en este otro lado.

Hasta ahora he vegetado, reviviendo una y otra vez la misma historia, anclada en la noche en que perdiste la vida. Sin embargo, el milagro está sucediendo: me encuentro mejor.

Tú me pusiste el mundo en las manos, nuestro diminuto mundo, para vivirlo entre los dos. ¿Hasta cuándo he de llevarlo colgado del cuello como una argolla? ¿Es que jamás se me han de borrar tu cara, tu voz y tu tacto?

No sé lo que digo. Perdóname: tu nombre es el único veneno que me ha confortado en la agonía de seguir adelante faltándome tú.

Aún no he podido explicarme la razón de que tú y yo no hayamos podido tener un final feliz. ¿Moriste para nada? Deseo al menos que las llamas que te consumieron te facilitasen, con su luz y su calor, el tránsito a otra vida.

Ahora debo dejar el cuaderno. Mi cuaderno. Nuestro cuaderno. El regalo más preciado que pueda yo ofrecer, pues en él he contado nuestra historia. Al relatarla con toda fidelidad, al mirar frente a frente a los recuerdos y encararme con la muerte, he notado que iba liquidando las cuentas pendientes que tenía conmigo misma, que me he rescatado de un foso de negrura, y que ya no tengo por qué regresar aquí nunca jamás. Además, he de reconocer que en lo más recóndito de mi ser he disfrutado al reescribir mi primer poema para ti, al transcribir la nota que nos dejaron los amigos en la tienda, al describir los paisajes de mi adolescencia...

¡Qué curiosa es la escritura! Resulta que, según escribía las frases anteriores, ha aflorado la solución de mi gran porqué. Y la respuesta es ésta: tuviste que morir para que hubiese dos Joanas, la Joana optimista y soñadora que se retrata a sí misma en el principio del cuaderno, ésa que es más niña que mujer porque aún cree en la felicidad; y la otra Joana, la de esta carta, la que ha completado el cuaderno desde la madurez que nos aportan los sinsabores de la vida, la que es más mujer que niña porque ha comprobado que la felicidad no existe. Dos Joanas, la lírica y la realista. Una Joana, siempre solitaria.

Por otra parte, si hubieras salido indemne del in-

cendio, ¿qué habría ocurrido cuando despertases? ¿Qué víctima habría sido la inmolada en aquel carnaval de engendros? Con tu muerte se cerró el círculo de la historia de la casa.

Ahí arriba se desgajan las ruinas de Villa Paradis. La hiedra devora las cenizas. Tengo quemaduras y cicatrices... No es un precio demasiado elevado.

Me esperan otros veranos. No sé qué me traerán, ni me importa saberlo. Ahora no es «Felicidad» el nombre de la predilecta tierra soñada. Me basta con dar un simple paso cada nuevo día, aunque el avance sea un trayecto lento y sin dirección.

Adiós, Alain.

Me llamo Joana, y me he ignorado a mí misma durante largo tiempo. No obstante, poco a poco, he vuelto a tomar forma ante mis propios ojos exhaustos.

Mi querida abuela murió el mes pasado, con noventa y cinco años, en su propia cama, rezando el rosario, sin sobresaltos, tal y como ella deseaba. Llovió mucho ese día. La tarde anterior fui a visitarla y me despedí de ella. Sólo le dije una palabra: «Gracias». Ella sonrió con sus ojos vacíos repletos de convicción y sacó costosamente de entre las sábanas un regalo para mí: un cuaderno sin estrenar, el primer mojón de mi nueva cronología.

Acabo de lanzar al agua el cuaderno violeta. Se quedará para siempre en el acantilado, a merced de las olas, igual que yo en el mundo.

COLECCIÓN PERISCOPIO

1. César Mallorquí, *Las Lágrimas de Shiva*
2. Andreu Martín, *La magia y el milagro*
3. Javier Negrete, *Memoria de dragón*
4. Alfredo Gómez Cerdá, *A través del cristal empañado*
5. Pau Joan Hernàndez, *La Tripulación del Pánico*
6. Cristina Macía, *Una casa con encanto*
7. Andreu Martín, *Ideas de bombero*
8. Elia Barceló, *La roca de Is*
9. César Mallorquí, *La puerta de Agartha*
10. Andreu Martín, *Los dueños del paraíso*
11. José Mª Plaza, *No es un crimen enamorarse*
12. César Mallorquí, *Las fabulosas aventuras del Profesor Furia y Mr. Cristal*
13. Gisela Pou, *La joven de medianoche*
14. Care Santos, *50 cosas sobre mí*
15. Paloma Bordons, *Malas compañías*
16. Blanca Álvarez, *Tres besos*
17. Jordi Sierra i Fabra, *Donde el viento da la vuelta*
18. Gabriel García de Oro, *Un ataque de RISA*
19. Laura Gallego, *La hija de la noche*
20. Fernanda Krahn Uribe, *El otro techo del mundo*
21. Jordi Sierra i Fabra, *36 preguntas para conocerte y 4 minutos para amarte*
22. Malcolm Rose, *Dosis letal*
23. Joan Manuel Gisbert, *La Voz de Madrugada*
24. María M. Vassart, ¿Y ahora qué?
25. Alicia Roca, *Los gatos no comen con tenedor*
26. Gervasio Posadas, *Niki Zas y el retrete nuclear*